메이플은 촉수로 변형한 팔로 오징어를 찢어발기듯 집어삼키고

마이와 유이는 각각 여덟 개의 대형망치를 내리친다.

「후후후, 훈련의 성과예요──!」

「괜찮다면 같이 갈래…
갈까요?」

말실수한 것을 웃음으로
얼버무리면서,
벨벳은 그렇게 제안했다.

미이는 왠지 부러운 눈치로
그 모습을 바라본다.

「나는 딱히 예정이 없다.
동행하마」

SKILL Knowledge of Magic X / Secret of Magic VIII / Fast chanting /
Multiple chanting / Fountain of magical power / Mana Ocean / Fire Magic VIII /
Water Magic VIII / Wind Magic VIII / Ground Magic VIII / Dark Magic VI /
Light Magic X / MP Enhancement large / MP Saving large /
MP Recovery speed Enhancement large / Magical attack Enhancement large /
Power Boost / Magic Boost / Increased magical power / Buff Magic /
Poison ineffective / Paralysis ineffective / Stun Resistance large /
Sleep Resistance large / Freeze Resistance medium / Burn Resistance large /
Song of Battle / Uplifting

Frederica's STATUS
Lv80   HP ???/???   MP ??/??
[STR ??]  [VIT ??]  [AGI ??]  [DEX ??]  [INT ??]
⚠ SECRET ⚠

아픈 건 싫으니까
방어력에
올인하려고 합니다.

[글] 유우미칸   [일러스트] 코인

11

Welcome to
"NewWorld Online".

All points are divided to VIT.
Because
a painful one isn't liked.

# NewWorld Online STATUS ‖ GUILD 단풍나무

‖ NAME 메이플 ‖ Maple ‖ LV **64**

HP 200/200 　MP 22/22

## PROFILE
**강하고 튼튼한 방패 유저**

게임 초심자였지만 방어력에 모든 능력치를 투자해 어떤 공격에도 대미지가 뜨지 않는 단단한 방패 유저가 되었다. 뭐든지 즐길 수 있는 솔직한 성격으로, 종종 엉뚱한 발상으로 주위를 놀라게 한다. 전투에서는 온갖 공격을 무효화하고 강력한 카운터 스킬을 퍼붓는다.

## STATUS
STR 000 　VIT 17550 　AGI 000
DEX 000 　INT 000

## EQUIPMENT

‖ 초승달 skill 히드라
‖ 어둠의 모조품 skill 악식/심해의 부름
‖ 흑장미의 갑옷 skill 흘러나오는 혼돈
‖ 인연의 가교 　‖ 터프니스 링
‖ 생명의 반지

## SKILL
【실드 어택】【몸놀림】【공격 피하기】【명상】【도발】【고무】【헤비 보디】
【HP강화(소)】【MP강화(소)】【심록의 가호】
【대형 방패의 소양Ⅷ】【커버 무브Ⅳ】【커버】【피어스 가드】【카운터】【퀵체인지】
【절대방어】【극악무도】【자이언트 킬링】【히드라 이터】【봄 이터】【쉽 이터】
【불굴의 수호자】【사이코 키네시스】【포트리스】【헌신의 자애】【기계신】【고독의 주법】【얼어붙는 대지】
【백귀야행Ⅰ】【천왕의 옥좌】【명계의 인연】【결정화】【대분화】【불괴의 방패】【반전재탄】【땅 조종술Ⅱ】

## TAME MONSTER
‖ Name 시 럽 　높은 방어력을 자랑하는 거북이 몬스터.
【거대화】【정령포】【대자연】 etc.

# NewWorld Online STATUS ‖ GUILD 단풍나무

‖ NAME **사 리**　‖ Sally　LV **66**

HP 32/32　MP 130/130

## PROFILE
**절대 회피의 암살자**

메이플의 절친이자 파트너. 똑부러진 소녀. 친구를 잘 챙기고, 메이플과 함께 게임을 즐기려고 한다. 전투 스타일은 경장비 단검 이도류로, 경이로운 집중력과 컨트롤 실력으로 온갖 공격을 회피한다.

## STATUS
STR **130**　VIT **000**　AGI **180**
DEX **045**　INT **060**

## EQUIPMENT
‖ 심해의 대거　　‖ 해저의 대거
‖ 수면의 머플러 skill 신기루
‖ 대해의 코트 skill 대해
‖ 대해의 옷
‖ 죽은 자의 발 skill 황천으로 가는 걸음
‖ 인연의 가교

## SKILL
【질풍 베기】【디펜스 브레이크】【고무】
【다운 어택】【파워 어택】【스위치 어택】【핀포인트 어택】
【연격검Ⅴ】【체술Ⅷ】【불 마법Ⅲ】【물 마법Ⅲ】【바람 마법Ⅲ】【흙 마법Ⅲ】【어둠 마법Ⅲ】【빛 마법Ⅲ】
【근력강화(대)】【연속공격 강화(대)】
【MP강화(중)】【MP컷(중)】【MP회복속도강화(중)】【독 내성(소)】【채집속도강화(소)】
【단검의 소양Ⅹ】【마법의 소양Ⅲ】【단검의 극의Ⅰ】
【상태이상 공격Ⅷ】【기척 차단Ⅲ】【기척 감지Ⅱ】【발소리 죽이기Ⅰ】【도약Ⅴ】【퀵체인지】
【요리Ⅰ】【낚시】【수영Ⅹ】【잠수Ⅹ】【털 깎기】
【초가속】【고대의 바다】【추인】【잔재주꾼】【검무】【매미 허물】【웹 슈터Ⅶ】【얼음기둥】【빙결영역】
【명계의 인연】【대분화】【물 조종술Ⅴ】【바꿔치기】

## TAME MONSTER
‖ Name **오보로**　다채로운 스킬로 적을 농락하는 여우 몬스터

【순영】【그림자 분신】【구속결계】 etc.

# NewWorld Online STATUS ‖ GUILD 단풍나무

‖ NAME 크롬 ‖ Kuromu **LV 84**

**HP** 940/940 **MP** 52/52

## PROFILE
쓰러지지 않는 좀비 탱커

NWO에서 초반부터 이름이 알려진 상위 플레이어. 남들을 잘 돌봐주고 믿음직한 형 같은 존재. 메이플과 같은 방패 유저로, 어떤 공격에도 50% 확률로 HP 1을 남기고 버틸 수 있는 유니크 장비와 풍부한 회복 스킬이 어우러져 끈질기게 전선을 유지한다.

## STATUS
**STR** 140 **VIT** 180 **AGI** 040
**DEX** 030 **INT** 020

## EQUIPMENT
‖ 참수 skill 생명포식 <sub>라이프 이터</sub>

‖ 원령의 벽 skill 혼 <sub>소울 드레인</sub>

‖ 피투성이 해골 skill 영혼포식 <sub>소울이터</sub>

‖ 피로 물든 하얀 갑옷 skill 데드 오어 얼라이브

‖ 강건의 반지    ‖ 철벽의 반지

‖ 인연의 가교

## SKILL
【돌진 찌르기】【속성검】【실드 어택】【몸놀림】【공격 피하기】【대방어】【도발】

【철벽체제】

【방벽】【아이언 보디】【헤비 보디】【수호자】

【HP강화(대)】【HP회복속도강화(대)】【MP강화(대)】【심록의 가호】

【대형 방패의 소양 X】【방어의 소양 X】【커버 무브 X】【커버】【피어스 가드】【카운터】

【가드 오라】【방어진형】【수호의 힘】【대형 방패의 극의 IX】【방어의 극의 VII】

【독 무효】【마비 무효】【스턴 무효】【수면 무효】【빙결 무효】【화상 내성(대)】

【채굴 IV】【채집 VII】【털깎기】

【정령의 빛】【불굴의 수호자】【배틀 힐링】【사령의 진흙】【결정화】【활성화】

## TAME MONSTER
‖ Name 네크로    몸에 걸치면 진가를 발휘하는 갑옷형 몬스터

【유령갑옷 장착】【충격반사】 etc.

# NewWorld Online STATUS ‖ GUILD 단풍나무

‖ NAME 이 즈 ‖ Iz

**LV 69**

HP 100/100  MP 100/100

## PROFILE
**초일류 생산직**

제작에 강한 애착과 긍지가 있는 생산 특화형 플레이어. 게임에서 마음대로 옷, 무기, 갑옷, 아이템 등을 만들 수 있다는 것에 매력을 느낀다. 전투에는 최대한 엮이지 않으려는 스타일이었지만, 최근에는 아이템으로 공격과 지원을 담당하기도 한다.

## STATUS
STR 045  VIT 020  AGI 080

DEX 210  INT 085

## EQUIPMENT
‖ 대장장이의 해머 X

‖ 연금술사의 고글 skill 심술쟁이 연금술

‖ 연금술사의 롱코트 skill 마법공방

‖ 대장장이의 레깅스 X

‖ 연금술사의 부츠 skill 새로운 경지

‖ 포션 파우치   ‖ 아이템 파우치

‖ 인연의 가교

## SKILL
【스트라이크】

【생산의 소양 X】【생산의 극의 X】

【강화성공확률강화(대)】【채집속도강화(대)】【채굴속도강화(대)】

【생산개수증가(대)】【생산속도강화(대)】

【상태이상공격 Ⅲ】【발소리 죽이기 Ⅴ】【멀리보기】

【대장 X】【재봉 X】【재배 X】【조합 X】【가공 X】【요리 X】【채굴 X】【채집 X】【수영 Ⅶ】【잠수 Ⅷ】

【털깎기】

【대장장이 신의 가호 X】【관찰안】【특성부여 Ⅳ】【식물학】【광물학】

## TAME MONSTER
‖ Name 페 이   아이템 제작을 지원하는 정령

【아이템 강화】【리사이클】 etc.

2128 0779 2664 5999

# NewWorld Online STATUS ‖ GUILD 단풍나무

‖ NAME 카스미 ‖ Kasumi  LV **81**

HP 435/435  MP 70/70

## PROFILE
고고한 소드 댄서

슬로 플레이어로서도 높은 실력을 지닌 여성 칼잡이 플레이어. 한 발 물러서서 생각할 수 있는 차분한 성격으로 상식을 벗어난 메이플, 사리 콤비에게 언제나 놀람을 금치 못한다. 전황에 따라 다양한 도(刀) 스킬을 전개하며 싸운다.

## STATUS
STR 205  VIT 080  AGI 105
DEX 030  INT 030

## EQUIPMENT
‖ 자해의 요도 · 유카리 ‖ 분홍색 머리장식
‖ 벚꽃의 옷 ‖ 보라색 하카마
‖ 사무라이의 각반 ‖ 사무라이의 토시
‖ 금 허리띠 ‖ 벚꽃 문장
‖ 인연의 가교

## SKILL
【일섬】【투구 쪼개기】【가드 브레이크】【후리기】【간파】【고무】【공격체제】
【도술 X】【일도양단】【투척】【파워 오라】【갑옷 베기】
【HP강화(대)】【MP강화(중)】【공격강화(대)】【독 무효】【마비 무효】【스턴 내성(대)】【수면 내성(대)】
【빙결 내성(중)】【화상 내성(대)】
【장검의 소양 X】【도의 소양 X】【장검의 극의 VI】【도의 극의 VII】
【채굴 IV】【채집 VI】【잠수 V】【수영 VI】【도약 VII】【털깎기】
【멀리보기】【불굴】【검기】【용맹】【괴력】【초가속】【전장의 마음가짐】【전장의 수라】【심안】

## TAME MONSTER
‖ Name 하 쿠  안개 속에서 기습하는 것이 특기인 흰 뱀.
【초거대화】【마비독】 etc.

# NewWorld Online STATUS ▌GUILD 단풍나무

▌NAME 카 나 데 ▌Kanade | LV 57

HP 335/335 MP 250/250

## PROFILE
자유분방 천재 마술사

중성적 용모, 엄청난 기억력을 지닌 천재 플레이어. 그 두뇌 때문에 다른 사람들과의 교류를 피하는 타입이었지만, 순진무구한 메이플과는 마음을 터놓고 친해졌다. 사전에 다양한 마법을 마도서로 저장해 놓을 수 있다.

## STATUS
STR 015　VIT 010　AGI 090
DEX 050　INT 120

## EQUIPMENT
▌신들의 지혜 skill 신 계 서 고 <sub>아카식 레코드</sub>
▌다이아 뉴스보이캡Ⅷ
▌지혜의 코트Ⅵ　▌지혜의 레깅스Ⅷ
▌지혜의 부츠Ⅵ
▌스페이드 이어링
▌마도사의 글러브　▌인연의 가교

## SKILL
【마법의 소양Ⅷ】【고속영창】
【MP강화(대)】【MP컷(대)】【MP회복속도강화(대)】【마법위력강화(중)】【심록의 가호】
【불 마법Ⅶ】【물 마법Ⅴ】【바람 마법Ⅶ】【흙 마법Ⅴ】【어둠 마법Ⅲ】【빛 마법Ⅶ】
【마도서고】【사령의 진흙】
【마법융합】

## TAME MONSTER
▌Name 소 우　플레이어의 능력을 복사할 수 있는 슬라임
【의태】【분열】 etc.

# NewWorld Online STATUS ||| GUILD 단풍나무

|| NAME 마 이 ||| Mai  LV **52**

HP 35/35  MP 20/20

## PROFILE
쌍둥이 침략자

메이플이 데려온 공격 올인 초심자 플레이어 쌍둥이 자매. 유이의 언니로, 다른 사람들의 도움이 되고자 애쓰고 있다. 게임 내 최고봉의 공격력을 가지고 이도류 망치로 근거리 적을 분쇄한다.

## STATUS
STR 505  VIT 000  AGI 000
DEX 000  INT 000

## EQUIPMENT
|| 파괴의 검은 망치 X
|| 블랙돌 드레스 X
|| 블랙돌 타이츠 X
|| 블랙돌 슈즈 X
|| 작은 리본   || 실크 글러브
|| 인연의 가교

## SKILL
【더블 스탬프】【더블 임팩트】【더블 스트라이크】
【공격강화(대)】【대형망치의 소양 X 】
【투척】【비격】
【침략자】【파괴왕】【자이언트 킬링】【디스트로이 모드】【거인의 힘】

## TAME MONSTER
|| Name 츠 키 미   검은 털이 특징인 곰 몬스터
【파워 쉐어】【브라이트 스타】 etc.

# NewWorld Online STATUS ‖ GUILD 단풍나무

| NAME 유이 ‖ Yui | LV **52** |
| --- | --- |

HP 35/35 　 MP 20/20

## PROFILE
**쌍둥이 파괴왕**

메이플이 데려온 공격 올인 초심자 플레이어
쌍둥이 자매. 마이의 동생으로, 마이보다 적극
적이고 회복이 빠르다. 게임 내 최고봉의 공격
력을 가지고 이즈가 만든 쇠구슬을 던져서 원
거리 적을 분쇄한다.

## STATUS

| STR 505 | VIT 000 | AGI 000 |
| --- | --- | --- |
| DEX 000 | INT 000 | |

## EQUIPMENT

‖ 파괴의 하얀 망치 X
‖ 화이트돌 드레스 X
‖ 화이트돌 타이츠 X
‖ 화이트돌 슈즈 X
‖ 작은 리본　‖ 실크 글러브
‖ 인연의 가교

## SKILL

【더블 스탬프】【더블 임팩트】【더블 스트라이크】
【공격강화(대)】【대형망치의 소양 X 】
【투척】【비격】
【침략자】【파괴왕】【자이언트 킬링】【디스트로이 모드】【거인의 힘】

## TAME MONSTER

‖ name 유키미　하얀 털이 특징인 곰 몬스터

【파워 쉐어】【브라이트 스타】 etc.

# 프롤로그


　길드가 총출동해 싸우는 대규모 제8회 이벤트가 끝나고, 8층 업데이트도 아직 여유가 있는 타이밍은 〈New World Online〉 유저들의 자유 시간이다. 레벨 올리기, 미공략 던전 도전 등 각자가 좋아하는 일을 하면서 시간을 보내는 가운데, 메이플은 사리와 함께 각층을 관광하러 돌아다녔다.

　1층, 2층처럼 지금껏 방문한 적이 있는 마을을 다시 돌아보거나, 아직 간 적이 없는 곳으로 발걸음을 돌리는 등. 어느 층이건 필드가 넓어서, 분주하게 공략했다고는 하나 메이플과 사리가 함께 간 적이 없는 곳은 아직 여러 군데 있었다.

　하늘에 떠 있는 성을 탐험하고, 동굴에 들어가고, 설산을 오르고, 다양한 풍경을 구경하고 다닌 두 사람은 그 과정에서 두 길드의 길드 마스터를 포함한 콤비와 만났다.

　하나는 【thunder storm】. 위력이 큰 번개를 다루는 벨벳과 디버프 특화인 얼음과 중력을 다루는 히나타의 콤비로, 던전을 함께 공략하면서 친해지고, 나아가 새로운 라이벌도 된 대규모 길드의 투톱이다.

다른 하나는【래피드 파이어】. 장비를 변경해 딜러와 서포터 역할을 교체하면서 싸우는, 릴리와 윌버트의 콤비다. 두 사람 모두 사격에 일가견이 있으며, 릴리는 병사를 소환해 일제 사격을 퍼붓고, 윌버트는 활로 백발백중인 초강력 일격필살의 화살을 날리는 등, 각자의 주특기를 잘 살리는 전투 스타일이 특징적이다.

　메이플과 친구들이 지금껏 이벤트에서 좋은 성적을 거둔 것도 있어서, 힘을 기르기 시작한 릴리의 길드도 메이플의 길드를 경쟁 상대로 명확하게 의식한 것이다.

　온갖 상황에서 마구 날뛰고 주목받는 까닭에 어떤 스킬이 있는지 대체로 알려진 메이플은 그만큼 대책이 마련되어서 대인전도 어려워졌을 것이다, 라는 것이 주변의 견해였다.

　더군다나 이번에 라이벌 선언을 한 두 길드의 투톱들은 메이플만이 아니라 사리의 약점도 노릴 수 있는 스킬이 있었다.

　그러나 그 와중에도 당사자인 메이플은 그런 사실을 딱히 의식하지 않은 채 평소처럼 스킬을 취득하거나 모두가 모르는 동안에 강해지거나 했다. 그렇게 메이플과 사리의 주변 환경이 변화하는 가운데, 드디어 제9회 이벤트가 시작하는 날이 찾아왔다.

# 1장 방어 특화와 제9회 이벤트.

　제9회 이벤트가 시작하는 날. 메이플과 사리는 길드 멤버들과 함께 길드 홈에서 이벤트 내용을 확인했다.

　"이번에는 대인전 요소가 전혀 없고, 모든 플레이어가 협력해서 이벤트 기간에 얼마나 많은 이벤트 한정 몬스터를 해치우는지가 중요하대."

　"그렇구나. 모두가 힘을 합치는 거라면 우리도 모두를 위해 힘내야겠네!"

　"후훗. 자기 페이스에 맞게 힘내면 돼. 이런 건 엄청난 기세로 토벌하는 사람도 있으니까……."

　꽤 오래전에 있었던 제3회 이벤트의 몬스터 토벌 때도 눈에 띄게 많은 토벌 카운트를 자랑하는 길드가 여럿 있었다. 이번에도 비슷한 형식인 이상 그렇게 될 것으로 예상할 수 있다.

　"뭐, 그건 그렇고. 토벌 카운트가 일정량에 도달할 때마다 보상을 주고, 마지막까지 가면 8층에서도 보탬이 되는 아이템을 구할 수 있대. 그 밖에도 메달이나 돈이……."

　"오오! 그럼 더더욱 힘내야겠네!"

"그래. 이번 이벤트는 개최 기간도 길고 모든 층에서 몬스터가 출현한다고 하니까, 마음에 드는 곳에서 사냥하면 돼."

"목표도 제시됐으니 말이지. 아무튼 나는 매일 얼마나 토벌되는지 확인하면서 해 볼까."

"그래. 의외로 쉽게 달성할지도 몰라."

"최종 목표도 너무 어렵게 설정하진 않겠지. 나는 몬스터가 떨어뜨리는 소재를 메인으로 생각해야겠군."

크롬, 이즈, 카스미는 다른 플레이어의 상황을 지켜보고 적당히 토벌하면서 몬스터가 떨어뜨리는 소재 아이템을 입수하는 것을 메인으로 이벤트를 진행할 예정이다.

"유이, 우리는 어쩔까?"

"우웅…… 어디서 잡든 하나로 치니까 싸우기 편한 데를 고를까?"

"그래야겠어. 레벨을 올리고 싶은 것도 아니니까……."

마이와 유이는 어디를 가든 한 방에 죽는 HP라서 딱히 경쟁할 필요가 없는 이번 이벤트는 느긋하게 즐기기로 했다.

"나도 천천히 놀 거야. 아, 여유가 있으면 다른 플레이어를 관찰할까? 메이플과 사리는 대인전을 의식하는 것 같으니까."

"……! 그래 주면 고마워."

"뭘~ 하지만 너무 기대하진 마."

카나데는 사리에게 그렇게 말하고 웃었다. 플레이어끼리 경쟁할 필요가 없는 제9회 이벤트는 너무 긴장할 필요도 없어서 제각기 목표를 정하고 놀기로 했다.

"뭔가 재밌는 걸 발견하면 보고할까. 모든 층이 대상 필드고, 몬스터도 여러 종류가 있으니까."

"그래. 좋은 소재를 주는 몬스터를 찾으면 그걸 우선해서 잡아 주면 좋겠어."

이벤트 한정 몬스터가 이벤트 뒤에도 나올지 어떨지는 알 수 없다. 그렇다면 수집할 수 있을 때 모으고 싶은 셈이다.

"그러면 뭔가 있을 때는 알려주기로 하자!"

메이플이 간단하게 정보를 공유하자는 취지를 전하고, 일단 모두가 각층 몬스터의 종류에 차이가 있는지를 제각기 확인해 보기로 했다.

◆ □ ◆ □ ◆ □ ◆ □ ◆

이벤트 자체는 단순해서, 메이플과 사리는 내용 확인을 마치자마자 필드로 나섰다. 두 사람은 가장 강한 몬스터가 출현하는 7층에 갈 수 있는 플레이어여서, 다른 층은 다른 사람들에게 맡기고 7층에서 토벌을 시작했다.

평소처럼 사리가 말을 준비하고, 메이플을 뒤에 태워서 필드를 달리고 있을 때, 곧바로 지금까지 본 적이 없는 몬스터가 있음을 눈치챘다.

"내가 소환하는 물고기 같은 게 있네."

"저거면 돼?"

"응. 저게 이번 이벤트 한정 몬스터야."

평소와 똑같은 필드에 새로이 나타난 하늘을 헤엄치는 물고기 무리. 당연히 육지에 이런 몬스터가 있을 리가 없으므로, 이벤트 한정인 것은 한눈에 알 수 있다. 7층에서는 이것을 잡으면 토벌 카운트를 올릴 수 있는 듯하다.

"몬스터도 여러 종류가 있다고 하니까, 강한 몬스터라면 귀한 소재를 줄지도 몰라."

"그럼 팍팍 잡아야겠네!"

"그래도 다 함께 토벌 카운트를 올리는 것이 목적이니까, 아무튼 사람이 적은 곳으로 갈까."

"그게 더 효율적인 거구나!"

"맞아. 어디서든 나온다고 하니까."

모든 플레이어를 대상으로 하는 이벤트인 만큼 요구하는 몬스터 토벌 카운트가 꽤 많다. 이벤트 기간이 길다고 해도 메이플이나 사리처럼 로그인 시간이 한정되는 플레이어는 꾸준히 올릴 수밖에 없다. 평소보다 사람이 많은 마을 근처에서는 다른 플레이어와 이벤트 한정 몬스터를 두고 경쟁해야 하므로, 두 사람은 북적대는 곳에서 멀어지고자 필드 맵의 구석을 목표로 이동하기 시작했다.

그렇게 한동안 달리자 두 사람은 울퉁불퉁한 바위가 깔린 황야에 도착했다. 전망이 적당히 좋고 평소에는 이렇다 할 특수 몬스터나 기믹이 없는 이곳은 토벌 카운트를 올리는 데 적절한 장소라고 할 수 있다. 사리는 말에서 내리고 메이플을 거든 다음 근처에 말을 대기시켰다.

"좋아! 얼른 찾으러 가자!"

"이 근처를 탐색하고 별로 없어 보이면 이동하는 식으로 하자."

"알았어!"

메이플과 사리가 주위를 조금 탐색하자 목표 몬스터가 금방 눈에 띄었다. 그것은 파랗게 빛을 내면서 하늘을 헤엄치는 열대어 무리로, 사리가 【고대의 바다】 스킬로 불러내는 것과 비슷하게 생겼다.

"자, 어떤 몬스터인지 시험해 보자!"

"응! 풀파워로 갈게!"

사리가 분신을 만들면서 내달리고, 메이플은 그 뒤에서 병기를 전개했다. 살살 하지 않겠다는 듯이 보스와 대치했을 때처럼 온 힘을 다해 공격을 퍼붓는다. 이벤트 한정 몬스터라고는 해도 크기도 평범한 열대어 무리는 약간의 물을 만들어 공격하는 정도의 힘밖에 없는 듯했다.

그런 몬스터가 두 사람 앞에서 어떻게 될지는 불 보듯 뻔했다.

사리는 날아드는 수많은 물줄기를 손쉽게 피하고, 메이플은 레이저를 쏴서 억지로 물을 증발시켜서, 물고기 무리는 말 그대로 눈 깜짝할 사이에 전멸했다.

"많이 잡아야 해서 그런지 생각했던 것보다 약해……."

"그러네. 식은 죽 먹기였어!"

두 사람의 능력이 최전선에 가는 플레이어 중에서도 뛰어난 것도 있어서, 일반 플레이어가 많이 토벌하는 것을 전제로 만들어진 몬스터는 적수가 되지 않았다.

"이 정도면 빨리빨리 잡을 수 있어!"

"그러네. 오히려 다시 생기는 속도가 토벌 속도를 따라잡지 못할 것 같아. 길드 사람들도 다른 데서 사냥하는 거 같으니까, 한동안 잡은 다음에 구경하러 갈까?"

"응! 그때까지 모두에게 지지 않을 만큼 해치우자!"

첫 무리를 손쉽게 해치운 두 사람은 그대로 계속해서 이벤트 한정 몬스터를 토벌했다. 메이플의 사격과 사리의 참격이면 간단히 잡힌다는 것을 알아서 물고기가 보이는 족족 뚝딱뚝딱 해치워 토벌 카운트를 올리는 가운데, 두 사람의 시야에 이전 과는 다른 것이 나타났다.

"사리, 저것도 맞지?"

"그런 것 같은걸. 종류가 여럿 있다고 들었으니까."

바위 뒤에서 관찰하는 곳에는 마찬가지로 하늘을 헤엄치는, 두 사람보다 커다란 상어가 있었다.

물고기 무리는 여러 번 해치웠지만, 상어는 처음 봤다.

"이번 이벤트 한정 몬스터는 물고기가 모티브인 걸까?"

"그럴지도? 뭔가 줄지도 모르니까 안 해치울 이유는 없어."

"좋아. 그렇다면 선수 필승!"

메이플은 바위 뒤에서 상어를 단단히 조준하고 빔을 발사했다.

그것이 일직선으로 상어에게 날아가 몸뚱이에 정확히 맞지만, 지금껏 해치운 열대어 무리와는 사정이 다른 듯 HP가 줄어들기는 했어도 죽지 않은 상어가 커다란 아가리를 벌려 두 사람을 향해 힘차게 돌진했다.

"한 방 더! 으어어어?!"

다음 공격을 준비하려고 했을 때, 땅바닥에서 물이 확 치솟는 바람에 메이플이 넘어졌다. 상어 말고도 다른 위험을 감지한 사리가 거리를 벌리려는 것을 보고, 메이플은 스스로 일어서기 전에 잽싸게 방어 태세를 취했다.

"【커버】!"

자주 쓴 덕분인지 스킬을 쓰는 타이밍은 몸에 배었다.

재빨리 반응해 사리의 안전을 확보한 직후, 메이플은 간헐천처럼 치솟은 대량의 물에 의해 상공으로 날아갔다. 그런 메이플을 보면서, 사리는 상어를 향해 달려간다.

"이번에는 내가!"

사리가 거리를 좁히자 상어도 아가리를 크게 벌리고 씹어 으깨려는 듯 다가오지만, 사리는 그것을 훌쩍 피해서 몸통을 깊게 베고 거리를 다시 벌렸다. 그리고 다음 공격으로 넘어가려는 참에 상공에서 목소리가 들렸다.

"사리!! 상어를 붙잡아 줘!"

"오보로 【구속결계】!"

메이플의 목소리에 즉각 반응한 사리가 상어의 움직임을 정지시켰다. 일부러 메이플이 소리쳐 말한 것이다. 이유가 없을 리가 없다.

그 직후에 상공에서 엄청난 폭발음이 울리고, 까만 덩어리가 상어의 머리로 떨어졌다.

그것은 【기계신】 스킬로 한쪽 팔을 커다란 검으로 바꾼 메이플이었다.

그 결과, 메이플은 움직임이 멈춘 상어의 머리를 가르듯이 검을 찌르게 되었다. 상어의 머리가 몸통에서 툭 떨어지는 가운데 메이플은 검을 지주처럼 삼아 거꾸로 지면에 박는데, 균형을 잃는 바람에 검이 부러져 땅바닥을 굴렀다.

"괘, 괜찮아……? 괜찮네. 뭐, 그렇겠지."

사리도 예상을 벗어난 공격에 조금 놀라기는 했지만, 이 정도의 낙하로는 메이플에게 피해가 없음을 과거의 전투로 이해했다.

"맨날 그냥 떨어지기만 하면 아쉬워서! 잘됐어!"

"애초에 일반적으론 추락하는 일도 별로 없지만."

자폭으로 하늘을 나는 메이플만의 발상이라고 할 수 있다. 낙하 피해가 생기니까 원래는 높은 데서 추락하는 것에는 위험

요소밖에 없다. 더 잘 떨어지는 방법을 생각하기 전에 낙하 피해가 안 생기게, 애초에 높은 데서 안 떨어지는 방법을 생각하는 것이 일반적이다.

"아, 그렇지. 뭔가 소재는……."

메이플이 일어서서 주위를 둘러보더니 마치 슬라임 같은 형태를 한 물방울이 바닥에 있는 것을 찾았다.

"이걸까?"

"오, 어떤 소재야?"

메이플이 물방울을 주워서 아이템 설명을 확인했다. 마력이 깃든 물이라는 설명만 있어서, 어떤 소재인지, 무엇에 쓰이는지는 전문가가 아닌 두 사람으로선 알 도리가 없다.

"음…… 이즈 씨한테 물어봐야 할까? 중요한 아이템이라면 서둘러서 모으고 싶으니까."

상어는 희귀한지 열대어처럼 자주 나타나지 않았다. 만약 이 아이템이 중요한 것이라면 상어를 노리는 쪽으로 방침을 전환할 필요가 있으리라.

"그럼 얼른 물어보러 가자! 왜 있잖아. 쇠뿔도 단김에 빼라고 하니까!"

"오케이. 이 근처의 이벤트 한정 몬스터는 거의 다 잡았으니까 그렇게 하자. 크롬 씨랑 탐색하러 간 것 같지만, 이즈 씨라면 스킬로 어디서든 공방을 만들 수 있으니까."

사리는 이즈에게 메시지를 보내고 나서 메이플을 말에 태워

이동하기 시작했다.

"아, 열대어는 약한 걸 아니까 이동하면서 해치우자! 뭘 떨구는지는 내가 볼게."

"응! 공격은 맡겨줘!"

그렇게 토벌 카운트를 올리면서, 메이플과 사리는 이즈 일행이 있는 곳으로 이동했다.

그 무렵, 크롬, 카스미, 이즈는 마찬가지로 7층에서 거대화한 하쿠의 머리에 타서 이동하고는 이벤트 한정 몬스터를 반복 사냥하고 있었다.

"어머, 메이플하고 사리가 여기 온다나 봐. 벌써 레어 몬스터를 잡고 처음 보는 소재를 구했다고 하는걸."

"오오, 굉장한걸. 우리는 아까부터 열대어만 해체하고 있는데 말이지."

하쿠의 거대한 몸을 이용해 다시 생성되는 열대어를 모조리 압살하면서 지역을 이리저리 돌아다니고 있지만, 이렇다 할 특수한 아이템은 드롭되지 않고, 종류가 다른 이벤트 한정 몬스터와도 마주치지 않았다. 그러나 열대어만 보인다고는 해도 다른 어떤 적이 있는지 모르는 이상 세 사람은 안전하게 사냥할 작정이었다. 이즈가 최전선에서도 통하는 전투력을 손에 넣었다고는 하나, 그것을 발휘하려면 사전 준비가 필요해지기 때문이다.

"이벤트 한정 몬스터가 약해도 일반 몬스터가 안 나오는 건 아니니까. 역시 혼자선 불안해."

"지금이라면 잘할 것 같은데 말이야. 대포를 만들 수 있다며? 재빨리 꺼낼 수만 있다면 혼자서도 잘 싸울 수 있잖아."

"참, 아이템도 공짜는 아니거든? 쓰고 나서 시간만 지나면 다시 쓸 수 있는 스킬과는 다르니까."

이즈는 그렇게 대꾸했지만, 혼자서도 싸울 수 있게 된 것은 사실이다. 그것은 지난번 이벤트에서 최고 난이도에 도전한 것만 봐도 확실하다.

"토벌 카운트는 올렸지만, 역시 이것만으로는 부족한 감이 드는걸."

"뭐…… 압살로 정리되니까 말이지. 다만 소재 수집이 편해서 나쁠 건 없잖아. 강한 몬스터든 플레이어든 보려고 마음만 먹으면 얼마든지 찾을 수 있으니까."

"흠…… 하긴 그런가."

편하게 할 수만 있다면 편하게 처리하자며, 카스미는 하쿠에게 지시를 내리고 계속해서 열대어를 깔아뭉개고, 물어 죽이고 해서 착실하게 토벌 카운터를 올렸다.

그렇게 필드 구석까지 계속해서 하쿠를 이동시켰을 때, 연락대로 메이플과 사리가 찾아왔다.

"저기요!"

"메이플하고 사리가 왔군. 하쿠, 멈춰라."

카스미는 하쿠를 정지시키고 머리를 땅바닥 근처로 내리게 했다.

"너희는 순조롭나?"

"응! 여기 오면서도 말을 타고 많이 해치웠어!"

"너희도 순조로워 보이네."

"그래. 이토록 약하면 쩔쩔맬 일도 없지."

"그래서 말인데, 메이플."

"네~! 이즈 씨, 이거예요."

메이플이 이즈에게 물방울을 건네자 이즈는 곧바로 새로운 소재를 얻으면서 제작 방법이 해방된 아이템을 확인했다.

"어디 보자…… 수중에서의 활동 시간을 늘려 주는 아이템을 만들 수 있구나. 예전보다 더 강력한 거 같으니까, 수중 탐색이 편해지지 않을까?"

"그렇구나. 바다랑 호수가 많으니까 도움이 될지도 몰라요!"

메이플은 고개를 끄덕였다. 사리도 물과 관계가 있는 아이템의 소재라고 생각했으니까 예상에 얼추 들어맞은 셈이다.

"말했다시피 다음에 또 언제 수집할 수 있을지 모르니까. 지금은 열대어 말고 다른 몬스터를 찾아보기로 할까."

"그래. 그렇게 해 주면 좋겠어. 합계 토벌 카운트도 순조롭게 올라가고 있으니까."

처음에 예상했던 대로 카스미 일행보다도 훨씬 더 많이 토벌 카운터를 올리는 플레이어가 있어서 그런지 합계 토벌 카운트도 목표를 향해 순조롭게 올라가고 있다. 토벌 카운트 작업은 두 번째 목표로 삼고 희귀한 소재 탐색을 우선해도 문제는 없어 보였다.

"알았다. 뭐, 일부러 노리지 않아도 하쿠가 잔챙이를 같이 해치우니까. 틈틈이 해도 충분히 올릴 수 있겠지."

"나머지 세 사람한테 전해야지……. 됐어. 우리는 일단 상어를 찾으러 여기저기 돌아다녀 볼게요."

"그래. 이 근처는 우리한테 맡겨도 돼. 현재까지 힘에 부치는 것과는 마주치지 않았다."

메이플과 사리는 무슨 일이 생기면 언제든지 불러달라고 하고서 다시 말을 타고 달렸다. 카스미도 다시 하쿠에게 명령해 두 사람이 말한 상어를 찾기 시작했다.

"이 정도면 새로 배운 스킬을 안 써도 문제없을 것 같은데."

"그래. 내가 나설 차례는 없을 것 같군."

크롬과 카스미가 메달을 써서 배운 스킬은 전투 때 도움이 되는 것이므로, 격전이 발생하지 않는 한에는 쓰일 일이 없다.

"나는 아이템을 제작할 때 일정 확률로 완성품이 늘어나는 거니까 전투에 맞는 스킬이 아니란 말이지."

"오오. 하지만 이걸로 아까 말한 비용 문제도 조금은 좋아지겠지."

"그러네. 그나저나 너희는 무슨 스킬을 골랐니?"

"음…… 선보이기 딱 좋은 몬스터가 나타나면 좋겠는데."

"음? 후후…… 보아하니 메이플이 운을 나눠준 것 같군."

그렇게 말한 카스미의 시선이 가는 곳에는 우아하게 하늘을 나는 가오리가 있었다. 세 사람은 그것이 메이플이 말한 상어와 같은 레어 몬스터라고 판단했다. 그렇다면 도망치게 할 수는 없다.

"카스미, 이동하자!"

"그래!"

카스미는 하쿠의 속도를 높여 일직선으로 가오리에게 접근했다.

적이 접근한 것을 눈치챈 가오리의 입 주변에서 파란 마법진이 생기고, 그곳에서 메이플을 날려 버렸던 때와 비슷하게 대량의 물이 쏟아져 나온다.

"써먹을 때군! 나한테 맡겨, 【수호자】!"

크롬이 그렇게 말하고 방패를 들었다. 그러자 세 사람을 집어삼키려고 하던 물줄기를 크롬이 전부 막고 버텨냈다.

"발동하면 잠시 받는 대미지를 줄이고 주위를 지키지. 상태이상이 안 통하는 보너스 효과도 있다고! 뭐, 일반인용【헌신의 자애】인 셈이지!"

【헌신의 자애】와 다르게 본인이 받는 피해를 줄이는 것이라서 크롬의 방어력이라도 실전에서 써먹을 수 있다. 넉백이나

독 같은 상태이상도 막을 수 있어서, 탱킹의 안정성도 더욱 높여 준다.

"그렇다면 나도 보여주마.【무사의 팔】,【삼태도 · 초승달】."

카스미는 스킬을 써서 도약하더니 물을 다 내뿜은 가오리의 위쪽을 점해서 그대로 참격을 날렸다. 양옆에 떠오른 팔까지 가세한 공격에 맞은 가오리가 크게 휘청거리지만, 레어 몬스터인 만큼 그 HP는 0이 되지 않았다.

카스미는 땅바닥으로 떨어지는 가운데 자세를 바로잡고 다시 칼을 겨눈다.

"【일태도 · 아지랑이】!"

낙하하는 도중에서 스킬 효과로 원래라면 사람에게 불가능한 움직임이 가능해진다. 카스미는 스킬을 써서 가오리의 눈앞까지 한순간에 이동한 다음, 그대로 베어서 더 큰 대미지를 주었다. 그리고 다시 낙하하는 가운데 새로이 배운 스킬을 발동시켰다.

"【전장의 수라(修羅)】."

카스미의 몸에서 스킬 발동을 알리는 빨간빛이 피어오른다.

크롬은【도발】로 가오리의 공격을 다시 유도하면서 그 모습을 보고 있었다.

"【삼태도 · 초승달】!"

카스미는 방금 썼을 터인 스킬을 발동하고, 다시 물리 법칙에 얽매이지 않는 가속으로 상승해 가오리를 가르면서 상공으로 빠져나갔다. 그렇다면 다음에는 다시 똑같이 낙하로 넘어가게 되는데, 가오리의 HP 막대가 얼마 남지 않아서, 카스미는 마무리할 수 있다고 확신했다.

"【일태도 · 아지랑이】!"

뭔가 하기 전에 끝장을 내겠다는 듯 카스미가 또다시 순간이동하고 칼을 휘두르자 가오리는 저항하지도 못하고 빛이 되어 사라졌다. 카스미는 빛 속에 남은 물방울을 한 손으로 낚아채고, 하쿠를 불러서 공중에서 능숙하게 자세를 바로잡아 그 머리 위에 착지했다.

"곡예사로 전직한 느낌인데……?"

"후후. 진짜 게임다운 움직임이었어. 아까 그게 카스미의 새 스킬이니?"

"그래. 그런 움직임에 익숙해지는 데 시간이 좀 걸렸지만…… 일정 시간 스킬 쿨타임을 대폭 단축하지. 단점은 효과 시간에 아무것도 못 해치우면 모든 스킬에 쿨타임이 뜨는 거다."

"오오…… 그것참 까다로운데……. 그만큼 순발력은 굉장하지만. 아까 공중 이동은 그 스킬이 없으면 불가능하겠지."

"그런 셈이지. 그 밖에도 이동 스킬을 잘 쓰면 더 대담하게 날아다닐 수도 있다."

"고, 공중 곡예 같군…….."

"다들 강해져서 믿음직해. 지원하는 보람이 더 생겨."

"으음. 나는 너무 견실하게 하는 걸까?"

"후후. 크롬은 그게 좋다고 봐."

"동감이군."

그 말을 들은 크롬은 납득할 수 없다는 듯한 표정을 지었다.

크롬 일행과 멀어져 말을 타고 필드를 돌아다니는 메이플과 사리. 메이플은 떨어지지 않게 한 손으로 사리를 붙잡고, 다른 손으로는 【기계신】을 부분적으로 전개해 개틀링 건으로 바꿔 이동하는 길목에 드문드문 있는 물고기 무리를 격파했다.

"이게 마상 사격인가…….."

"백발백중!……은 아니지만, 백 발을 쐈더니 딱 맞아!"

"사격 실력도 늘지 않았어? 방패를 쓰면서 사격이 능숙해지는 것도 이상하지만."

"흐흥. 월버트 씨처럼 백발백중을 노려야지!"

"아하하. 아무리 그래도 그건 무리가 있을걸. 뭐, 놓친 건……【사이클론 커터】!"

메이플의 사격에서 가까스로 살아남은 물고기 무리에 사리가 날린 바람의 칼날이 직격하고, 마무리를 짓는다.

"응. 명중."

"대단해!"

고삐를 잡고 빠른 속도로 이동하면서 몬스터를 공격하기는 어렵다. 전방주시 태만으로 장해물에 부딪히지 않도록 하면서, 사리는 메이플이 다 해치우지 못한 물고기 무리를 때로는 뒤돌아서, 때로는 옆을 보고 정확하게 해치우고, 소재 아이템이 떨어지지 않는지를 확인하면서 말을 몰았다.

"부족한 부분은 내가 채울게. 하지만 백발백중이라고 생각해도 되거든?"

"오케이!"

그렇게 한동안 달리는 동안에 상어와 가오리, 문어와 오징어 같은 대형 몬스터를 여러 차례 발견할 수 있었다. 다만 하나같이 대량의 물을 쏴서 공격하는 공통점이 있고, 다른 특수 공격이 없는 것도 있어서 큰 위협은 되지 않았다. 사실 해치워 나가면서 패턴을 파악해 말에서 내릴 필요성이 없다고 느낀 사리는 메이플에게 계속 사격하게 시키면서 말의 기동력으로 공격을 피하고, 거리를 유지해 고정 포대인 메이플에 의한 격파를 반복하고 있었다.

"음. 내리는 수고도 덜어서 좋은 느낌인걸."

"굉장해. 말을 타고서 피할 수 있구나."

"공격은 단순하고, 어느 정도 파악했으니까 괜찮아."

그런 식으로 해치우고 드롭 아이템을 줍는 일을 반복한다. 토벌 카운트는 대형 몬스터라도 한 마리로 치지만, 이즈가 원하는 소재가 확정으로 손에 들어오는 것을 아니까 다른 플레이어가 잡기 전에 우선해서 해치우기로 했다.

"아직 첫날이니까, 조금만 더 있으면 어디서 잘 나오는지 알 수 있겠는걸."

"그러면 더 수집하기 편해질까?"

"음. 사람들이 모이면 경쟁 상대가 늘어날 테니까, 꼭 그렇다고는 하기 어려운걸."

"아, 그렇구나. 그러면 사람들이 잘 모르는 곳을 찾아야겠네!"

"그게 제일이야. 그러니까 이렇게 돌아다니는 거고."

7층을 택한 이유에는 두 사람에게 딱 좋은 이동 수단이 있다는 것도 포함된다. 나아가 다른 층과 비교해서 넓은 7층이라면 사리가 말한 경쟁이 일어나기 어렵다는 점도 꼽을 수 있다.

하지만 말은 누구나 구할 수 있고, 사리처럼 생각해서 행동하는 플레이어도 당연히 여럿 있을 것이다.

"아."

"오, 사리~. 잘되고 있어?"

정면에서 제각기 말을 탄 2인조가 나타났다. 【집결의 성검】 소속인 프레데리카와 드라그다.

"응. 그럭저럭 좋은 느낌일까. 좋은 사냥터를 찾으면서 느긋하게 하고 있어. 너희는?"

"비슷비슷해~. 물고기 무리 말고도 잡는데, 그게 좀~."

프레데리카가 드라그를 보자 드라그가 소감을 말한다.

"지난번 이벤트 몬스터는 해치우는 보람이 있었는데, 이번에는 심심하군."

"약하단 말이지~."

그것은 메이플과 사리도 느낀 점이다. 지난번 이벤트의 몬스터가 강하게 설정된 것은 틀림없지만, 그것을 제외하더라도 HP나 공격 패턴이 대수롭지 않았다.

"뭐, 우리도 그렇게 느꼈지만."

"응응. 그래서 있지~. 우리도 이렇게 뭔가 숨겨진 요소가 없는지 찾아다니고 있는 거야."

【집결의 성검】은 길드 멤버도 많은데, 그 모든 멤버가 탐색에 나서서 아무것도 찾지 못했다면 숨겨진 요소가 있을 것으로 생각할 수 있다.

"응. 하지만 교환할 정보는 아직 없어. 이건 진짜야."

"칫. 예상이 빗나갔군, 프레데리카."

"사리와 메이플이니까, 간단하게 뭔가 찾아낼 줄 알았는데 말이야~."

"찾으면 연락할게! 그래도 되지, 사리?"

"그래. 아, 그때는 물론 너희 정보와 교환하는 걸로."

"좋은 걸 준비해둘게~. 기대해도 되지~? 그럼 잘 있어~."

"뭔가 찾으면 말이지. 대인전도 기대하마."

"지지 않을 거예요!"

"오냐. 우리도."

프레데리카는 메이플과 사리에게 작게 손을 흔들고 말을 몰아 드라그의 옆으로 가더니, 얼마 후에는 모습이 보이지 않게되었다.

"정보라……. 말은 그렇게 해도 딱히 단서가 없는데."

"그러네. 그럼 탐색하는 곳을 조금 바꿔볼까?"

"……? 다른 층에 가게?"

메이플이 그렇게 말하자 사리는 고개를 가로저었다. 필드를 돌아다녀도 딱히 이렇게 할 무언가가 더 나올 일은 없어 보였다. 그렇다면 장르가 다르다고 해야 할 장소를 탐색해야 찾을 수 있을지도 모른다.

"던전 말이야. 던전을 몇 번 돌지 않을래?"

"아, 그렇구나. 뭔가 달라졌을지도 모르니까!"

"그래. 그리고 한 번으로는 어떨지 모르니까 여러 번 돌자."

"그럼 후다닥 보스까지 갈 수 있는 데가 좋겠네."

"아무것도 없으면 다시 상어를 찾으러 돌아오자. 이제 막 시작한 참이니까, 우선은 이것저것 파악하는 것부터 시작해야지."

"응!"

메이플과 사리도 7층 던전을 몇 군데 공략했다. 두 사람은 그중에서 보스방까지 금방 가는 던전을 골라서 말을 몰았다.

7층에서 두 사람이 공략한 던전 중에서 간단한 곳이라고 하면, 벨벳 일행과 공략한 콜로세움 느낌에 석상이 늘어선 몬스터 러시가 가장 적합하다.

공략 인원에 맞춰 난이도가 변하고, 장해물이 없이 전투만 있는 던전이라서 가는 길에도 문제없이 승리할 수 있는 곳이므로, 확인하는 데는 딱 좋은 셈이다.

"아무튼 한 번 가보자."

"응!"

메이플과 사리가 던전에 발을 들여서 석상을 격파해 공략해 나가자 예상대로 지난번과는 다른 점을 눈치챘다. 지난번에는 석상과 석상 사이 통로에 몬스터가 출현하지 않았는데, 이번에는 이벤트 한정 몬스터인 열대어가 여기저기서 보였다.

"아하. 정말 어디서든 나타나는 건가."

"예전에는 아무것도 없었으니까!"

"그래. 여기라면 알기 쉽네. 그렇지만……."

사리는 그렇게 말하고 앞으로 쑥 나가 다가오는 물고기 무리를 빠져나가듯이 벤다.

"응. 바깥하고 비슷한 수준이네."

"오오! 역시나 사리!"

"그리고 나오지 않는 곳은 석상이나 보스방처럼 특별한 장소 정도일까?"

메이플과 사리는 계속해서 달라진 구석이 더 없는지 주의 깊게 관찰하면서 이동하고, 맞닥뜨린 이벤트 한정 몬스터를 해치우면서 보스방에 도착했다.

두 사람이 안에 들어가자 예전에 넷이서 도전했을 때와 다르게 양손에 도끼를 하나씩 쥔 석상이 서 있었다.

"지난번보다는 약하겠지……?"

"벨벳이 말한 그대로라면 말이야. 하지만 상성도 있으니까 조심해!"

조사하러 와서 방심하고 죽는 일이 생겨서는 안 된다. 두 사람은 각각 무기를 들고 전투태세를 취했다.

"공격은 동작이 클 테니까 적당히 베고 올게!"

"힘내!"

사리가 달리자마자 메이플은 병기를 전개해서 사격을 개시했다. 그리고 달려서 거리를 좁히는 사리를 향해 석상이 오른손에 든 도끼를 휘둘렀다.

"그 정도는! 【초가속】."

사리는 한순간 감속한 다음 옆으로 뛰어 도끼를 피하고 먼지가 피어오르는 가운데 도약하더니, 익숙한 느낌으로 도끼 위에 올라타 돌로 된 팔을 베면서 엄청난 속도로 어깨까지 올라간다. 대형 몬스터의 공격을 이용해 반격하는 사리의 주특기로 단숨에 대미지를 주는 가운데, 석상은 왼손에 든 커다란 도끼를 사격 중인 메이플에게 던졌다.

"어?!"

사격에 집중한 탓에 전혀 회피하지 못한 메이플에게 도끼가 명중한다. 메이플을 날려 버린 도끼는 커다란 소리와 함께 공중으로 올라가고, 부서진 병기가 폭발하면서 메이플이 바닥을 굴렀다.

"깜짝이야……."

딱히 문제가 없음을 확인하고 몸에 묻은 먼지를 털어낸 메이플이 병기를 전개해서 사격을 재개하려고 한다.

"메이플!"

"……!"

메이플은 사리가 부른 의도를 눈치채고 사격을 중단하며 자폭 비행으로 전환했다. 석상은 무기가 없는 왼손으로 메이플을 때리려고 하지만, 메이플과의 거리가 조금 줄어들었을 때 사리가 스킬을 발동했다.

"【바꿔치기】!"

석상의 머리에 있던 사리와 공중에 있던 메이플의 위치가 뒤바뀐다. 사리가 자세를 바로잡고 바닥에 착지하는 사이, 메이플은 한 손을 촉수로 바꿔서 석상의 머리를 집어삼켰다.

"좋아!"

눈앞에서 검은 안개를 두르고 꿈틀대는 촉수에 머리가 고정되어 빨간 대미지 이펙트를 대량으로 띄우는 석상을 보고, 사리는 작전이 성공했음을 확신했다.

사리가 좁힌 거리를 메이플이 이용하게 한다. 위치를 뒤바꾸

면 메이플의 최고 화력 기술인 【악식】으로 단숨에 때릴 수 있다. 사리의 접근을 허용하면 방해할 수 없는 점과 점의 이동으로 메이플이 지척으로 날아오는 셈이다.

메이플이 그대로 석상의 머리를 으깨듯이 촉수로 집어삼키자 마지막 대미지 이펙트가 뜨고, 석상의 온몸이 빛이 되어 사라졌다.

사리는 발 디딜 곳을 잃어서 낙하하는 메이플을 받고 살며시 바닥에 내렸다.

"수고했어."

"응! 완벽했어!"

"게다가 달라진 점도 있나 본데……."

"……?"

메이플은 그런 게 있었나 싶어서 아리송한 눈치로 사리의 얼굴을 봤다. 그러자 사리는 근처 바닥을 손으로 가리켰다. 그곳에는 물웅덩이가 몇 군데 있는데, 사리가 만든 것이 아니라는 점은 명확했다.

"소재 아이템을 떨어뜨리거나 특수한 이벤트가 발생하지는 않았지만…… 이렇게 물이 남는 것을 보면 이것도 이번 이벤트와 관계가 있을지도 몰라."

석상은 물과 관계가 있는 행동을 전혀 보이지 않았지만, 이번 이벤트 몬스터의 경향으로 추측해 보면 사리가 말한 대로 이것도 이벤트 한정 몬스터와는 다른 형태로 이벤트와 관계가 있을 가능성이 있다.

"좋아. 더 돌아보자! 그러면 특별한 소재를 줄지도 몰라!"

"그래. 별로 강하지도 않으니까 계속해서 공략해 보자."

메이플과 사리는 나타난 마법진에 올라타 곧바로 두 번째 공략을 시작했다.

## 2장 방어 특화와 대형망치 플레이어.


메이플과 사리가 7층 던전 공략에 전념하고 있을 무렵, 마이와 유이는 5층에서 이벤트 몬스터를 토벌하고 있었다. 7층이 아니라 5층을 고른 이유는 필드가 밝고 움직임이 느린 구름 몬스터가 대부분이어서 기습을 경계하지 않고 적당히 이벤트 몬스터와 대치할 수 있기 때문이다. 레벨 면에서 경험치도 그럭저럭 많이 주니까 두 사람에게 반가운 일이다.

메이플과 사리의 공격으로 문제없이 잡을 수 있으니까, 공격 특화인 마이와 유이라면 평소처럼 한 방에 해치울 수 있는 상대밖에 없다.

애초에 최전선인 7층에서도 두 사람의 공격을 제대로 맞고 버티는 것은 보스 몬스터 정도다.

츠키미와 유키미 덕분에 이동 속도도 다소 개선된 두 사람은 필드를 돌아다니다가 메이플과 사리도 싸운 적이 있는 하늘을 헤엄치는 상어와 맞닥뜨렸다.

"찾았어! 희귀한 거야!"

"응……! 해치우자."

츠키미와 유키미에게 지시하고, 두 사람이 한꺼번에 공격당하지 않게 좌우에서 접근한다.

"【비격】!"

유이가 손에 든 대형망치에서 충격파가 발생해 곧바로 상어에게 날아간다. 그러나 상어는 공중을 슥 헤엄쳐 그 공격을 가볍게 피하더니 더 가까이 다가온 마이에게 거센 물줄기를 날렸다.

"【거인의 힘】!"

마이는 피하지 않고 대형망치 두 개를 번쩍 쳐들었다가 휘둘렀다. 그것은 상어가 날린 물과 정면에서 충돌하고 하얀 이펙트를 띄우면서 대량의 물을 상어에게 돌려보냈다.

"나이스, 언니! 유키미!"

유이는 유키미를 달리게 하고, 물줄기가 돌아와서 경직한 상어의 몸통을 아래에서 대형망치로 때렸다. 그것은 상어의 몸을 말 그대로 터뜨려 일격에 소멸시켰다.

"해냈어! 언니, 나이스 반응!"

"그럴, 까? 다행이야……."

마이와 유이가 메달로 입수한 새 스킬. 그것은 상대의 공격이 주는 대미지보다 스킬 시전자의 STR이 더 높으면 대미지를 무효화하고 공격을 돌려주는 것이다. 두 사람은 방어력이 없다시피 한 탓에 받는 대미지도 커지지만, 공격력이 그것을 웃돈다. 확정 카운터는 아니지만, 두 사람의 능력을 살리는 데다가 마지막으로 시도할 수 있는 방어 수단이다. 상대가 지닌 비장의 패를 받아치면 상황을 한순간에 뒤집을 수 있으리라.

기본적으로는 츠키미와 유키미의 이동 속도를 살려서 회피를 시도하고, 공격이 닿기 직전에 받아치기로 전환한다.

5층에서 출현하는 이벤트 한정 몬스터가 두 사람의 STR을 넘어서는 공격력이 없다는 사실은 이미 확인한 상태다. 두 사람이 제때 반응할 수만 있으면 문제없이 공격을 받아칠 수 있다.

마이와 유이는 드롭 아이템인 소재를 줍고 근처에 있는 높은 구름 벽에 기대서 잠시 쉬기로 했다.

"골랐을 때는 조금 불안했지만…… 잘 받아칠 수 있어서 다행이야."

"응! 우리 공격력이면 괜찮을 것 같아!"

다른 플레이어가 쓰면 한순간 빈틈을 만들 수 있을까 말까 한 스킬이지만, 두 사람이라면 보스의 큰 기술도 받아쳐서 이용할 수 있으리라.

"다음 메달도 생각해 봐야지!"

【단풍나무】가 우수한 성적을 거두고 있는 덕분에 두 사람은 스킬과 아이템으로 바꾸는 메달을 정기적으로 구할 수 있다. 그런 지금이라면 다음 메달로 바꿀 스킬을 생각해도 된다.

"그러네……. 강한 스킬이 많으니까."

"응응! 그래서 있지. 잠깐 생각해 봤는데."

"응. 뭔데?"

유이는 그렇게 말하고 이야기하기 시작했다. 두 사람은 여태까지 똑같은 스킬을 골랐다. 둘이서 똑같이 맞춘다는 의미도 있지만, 스테이터스 때문에 두 사람이 원하는 스킬이나 상성이 좋은 스킬은 완전히 똑같다. 지금껏 똑같은 스킬을 고른 것은 그것이 자신들을 강화하는 가장 좋은 방법이었기 때문이다.

"언니랑 같이 싸울 때가 가장 많으니까, 둘이서 연계 플레이가 되는 스킬을 배우는 것도 괜찮을 것 같아!"

각각의 전투력은 충분히 강해졌다. 지난번 이벤트 예선에서 좋은 성적을 거둔 덕분에 자신감이 생긴 것이다.

"응. 좋을지도. 허를 찌를 수 있을지도 모르고……."

제4회 이벤트에서 드레드에게 일격을 가했을 때도 두 사람이 힘을 합쳤다. 호흡이 맞는 공격이 자연스럽게 된다면 연계를 강화해서 더 강해질 수 있으리라.

"그렇다면…… 나는 유이의 공격을 잘 지원하고 싶어."

"그러면 내가 완벽하게 공격할게!"

두 사람의 공격은 한 방만 맞히면 충분하다. 그리고 그렇게 정했으면 새로운 스킬을 찾아봐야 한다.

"사리 씨처럼, 괜찮아 보이는 스킬을 체크해 봤어!"

"후후. 메달은 좀 더 있어야 모이는데."

"필드에선 언제든지 찾을 수 있으니까, 우웅…… 한동안 그쪽을 우선할까?"

"그랬다간…… 후후. 결국 둘이서 똑같은 스킬이 생길 것 같은데."

두 사람 모두가 입수한다면 누구든지 연계 플레이를 시작할 수 있으니까 문제없다고, 유이는 대답했다. 나아가 상대가 반응할 수 없는 비장의 패로 메달 스킬을 쓰는 것이다.

"그러면 다시 몬스터를 찾으러 가자!"

"응. 그러자."

"으어어어어?!"

""?!""

그렇게 말하고 일어서려던 찰나, 난데없이 위에서 사람 목소리가 들리는 바람에 두 사람은 화들짝 놀라서 소리가 난 곳을 봤다. 그곳에는 구름 위에서 떨어지는 사람의 모습이 있어서 두 사람은 허둥지둥 받아내려고 츠키미와 유키미를 달리게 하고 아래에서 대기하는데, 그 사람은 바닥에 충돌하기 일보 직전에 뒤집힌 자세로 공중에서 정지했다. 중력이 존재하지 않는 것처럼 공중에서 자세를 바로잡는 가운데, 뒤따라서 한 사람이 추가로 사뿐하게 내려왔다.

"휴…… 위, 위험했슴다."

"앞에 바닥이 있는지 확인해 주세요……."

하늘에서 떨어져서 그대로 공중에서 대화하는 두 사람은 벨벳과 히나타였다. 히나타의 중력 제어로 낙사를 면한 벨벳은 받아주려고 한 마이와 유이를 보더니 활짝 웃으며 손을 크게 흔들고 히나타에게 부탁해 바닥에 내려달라고 했다.

바닥에 딱 내려온 참에, 벨벳은 조금 쑥스러운 눈치로 말하기 시작했다.

"아, 깜짝 놀라게 해서 미안함다."

"아뇨, 전혀! 괜찮아요. 저기, 혹시 벨벳 씨⋯⋯인가요?"

"응? 그런데⋯⋯ 아하, 【단풍나무】? 메이플한테 들었슴까?"

"네."

마이와 유이는 우연한 만남에 감사하면서 【thunder storm】의 이야기를 들었을 때부터 물어보고 싶었던 것들을 말해 보기로 했다.

메이플에게 듣기로 벨벳과 히나타는 연계 공격이 주특기인 2인조이므로, 마침 마이와 유이가 고려하던 연계에 관해서 좋은 아이디어가 있지 않을까 생각했기 때문이다. 메이플과 사리도 연계를 잘하지만, 그쪽은 하나같이 흉내 낼 수 없는 강함을 전제로 하니까 별로 참고할 수 없다.

마이와 유이가 이야기에 흐름에 맞춰 상의하자 벨벳은 고개를 끄덕였다.

"아하. 연계 말임까."

"기본은······ 강력한 스킬에 맞추면 편해져요."

"그렇습다! 우리는 움직임을 멈춰 주는 히나타에게 내가 맞춤다!"

"역시······ 역할 분담인가요?"

"저기, 저는 그게 이해하기 쉬운 것 같아요."

역시 그렇다며, 마이와 유이는 각자 새로이 입수할 스킬을 생각하기 시작했다.

"하지만 우리랑 당신들은 다릅다! 두 사람이 싸울 때의 방식이 있을 겁다!"

애초에 무기가 다르고 전투 스타일도 정반대인 벨벳과 히나타, 그리고 모든 것이 일치하는 마이와 유이라면 목표하는 방향이 달라지겠지.

"우응. 어려워······."

"그러네. 언니."

"그렇습다! 뭐하면 우리가 싸우는 모습을 한번 구경해 보는 게 좋습다. 그러면 뭔가 번뜩 떠오를지도 모릅다."

벨벳은 그 대신 마이와 유이가 싸우는 모습도 보고 싶다고 제안해서, 두 사람은 이를 받아들였다.

"게다가 한꺼번에 토벌 카운트를 올리는 방법도 하나 가르쳐 주겠습다! 도와주려고 한 보답으로 말입죠."

"아, 꼭 그럴 필요는······."

"우리는 소재도 얼추 다 모았으니까 말입다. 조금 특수한 방법이고, 애초에 모든 플레이어가 협력하는 이벤트니까 다른 사람이 토벌 카운트를 올려주면 좋은 일임다."

"하긴…… 그러네요."

마이와 유이는 이미 소재를 다 모았다고 하는 벨벳과 히나타를 보고 놀랐다. 두 사람이 그 제안을 받아들이자 여기서 가깝다고 하는, 한꺼번에 토벌 카운트를 올릴 수 있는 곳까지 넷이서 함께 이동했다.

츠키미와 유키미가 구름 바닥을 점프하듯 나아간다. 벨벳과 히나타도 같이 타서 원래부터 존재하는 이동 속도의 차이를 신경 쓸 필요가 없었다.

"음, 역시 좋군요."

벨벳은 바람을 느끼면서 복슬복슬한 츠키미의 털을 어루만졌다.

"벨벳 씨는 어떤 테이밍 몬스터를 골랐나요?"

"나 말임까? 후후후, 비밀임다!"

"길드 사람들이 말하지 말라고 했어요……. 미안해요."

마이와 유이는 사전에 사리에게서 벨벳과 히나타의 테이밍 몬스터를 본 사람이 아무도 없다는 이야기를 들었다. 단순히 흥미가 생긴 것이어서 더는 깊이 파고들지 않았다.

"아무도 본 적이 없죠?"

"없을 검다!"

벨벳은 단언했다. 마이와 유이도 강력한 테이밍 몬스터가 있다는 사실을 【단풍나무】 멤버들을 보고 잘 알고 있다. 대부분 여러 스킬을 보유하니까, 그것이 알려지지 않았다는 것은 큰 이점이다. 따라서 대규모 대인전 때까지 온존하려는 것은 이상한 일이 아니다.

"어차차, 슬슬 다 왔습다. 곰은 처음 타 봐서 즐거웠습다!"

네 사람 앞에 나타난 것은 구름 바닥에 생긴 커다란 구멍이었다.

여기가 벨벳 일행이 목적지인 듯, 마이와 유이가 가장자리에 서서 안을 들여다보자 새하얀 벽에 군데군데 발판이 튀어나온 게 보이는데, 그것을 밟으면서 천천히 내려가야 하는 듯하다.

그 도중에도 몬스터는 있는지 발판 주변에는 검은 먹구름과 이벤트 한정 몬스터인 물고기 무리가 보였다.

"여기를 내려가면 아래에 던전이 있습다."

그 던전에 들어갈 때까지는 조심해서 내려갈 수밖에 없다며, 마이와 유이는 긴장했다. 불안정한 발판에서는 잘 싸우기 어렵고, 몬스터도 많기 때문이다.

"그럼 갑니다. 히나타도 부탁함다!"

"괜찮아요. 【중력제어】."

히나타가 스킬을 발동하자 한순간 네 사람을 까만 스킬 이펙트가 감싸고, 그 직후에 몸이 공중에 둥실 떠올랐다.

"스킬 효과 중에는 공중에 뜰 수 있어요……. 이동 속도는 느리지만요."

두 사람을 따라가는 형태로 구멍 중앙으로 온 마이와 유이가 아래를 보자 옆에서 벨벳이 말을 걸었다.

"이 자리는 맡겨줬으면 좋겠슴다. 【뇌신 재림】, 【폭풍의 눈】, 【뇌우】, 【낙뢰 벌판】!"

벨벳이 연달아 스킬 발동 키워드를 말하자 주위에 떨어지는 벼락이 늘어났다. 이 영역에 발을 들이면 곧바로 그 몸이 불타 리라.

"그럼 시작함다!"

말을 마친 벨벳은 구멍 전부를 벼락이 떨어지는 영역으로 뒤덮듯이 중앙에 위치를 잡았다.

그리고 다음에 이어지는 행동은 천천히 내려가는 것으로 끝이었다.

"이것도 효율이 좋슴다! 아, 하지만 안심하십쇼. 물론 이게 다가 아님다!"

이 전술은 간단히 흉내 낼 수 없다는 것을 잘 아는 벨벳은 마이와 유이에게 웃어 보였다.

"우리가…… 따라 할 수 있을까……?"

"조금 불안할지도."

히나타에 의해 공중에 뜬 네 사람은 강력한 벼락에 의해 주위에서 무차별적으로 죽는 몬스터들을 보면서 천천히 바닥을 향해 내려가기 시작했다.

정식 루트로 가면 고전할 테지만, 벨벳 일행 덕택에 이렇다 할 전투도 없이 손쉽게 바닥에 도착했다.

네 사람은 낙뢰가 풀리고 중간에 죽은 몬스터들이 흘린 소재를 주운 다음, 옆으로 이어진 던전 통로 쪽으로 돌아섰다.

"이것만 해도 꽤 모입죠! 평소엔 단숨에 내려감다!"

무시무시한 속도로 내려가더라도 중력을 제어하는 히나타라면 바닥에 충돌하기 전에 정지할 수 있다. 금방 지나치니까 번개 공격의 위력을 떨어뜨리는 몬스터는 살아남지만, 이번 목표는 해치우기 쉬운 물고기 무리니까 문제없다.

여기서는 벨벳과 히나타의 능력을 잘 이용해 빠르게 대량으로 이벤트 몬스터를 잡을 수 있다는 이야기도 납득할 수 있다.

"빨리 잡히는 곳을 제법 찾아다녔슴다! 여기 이 구멍이 제일 입죠!"

평소에는 몬스터가 다시 나타나기를 기다렸다가 반복해서 낙하하지만, 이번에는 안쪽으로 들어간다. 마이와 유이에게 싸우는 모습을 보여주는 것이 목적인 것이다. 나아가 안쪽에도 효율이 높은 장소가 있다는 듯, 이번 목적지는 보스방이 아니라 바로 그곳이다.

"아, 하지만 우리는 지키는 일이 익숙하지 않으니까 조심하길 바람다!"

"메이플 씨처럼 할 수 있는 사람은…… 없을 테니까요."

""네!""

벨벳과 히나타는 방어보다 공격에 특화되었다. 【커버】나 【헌신의 자애】 같은 스킬로 다른 사람을 감싸고 대신 대미지를 받는 데 특화된 플레이어가 아니다.

구름 통로를 걷다 보니 갈림길이 여러 곳 나오는데, 몬스터도 여기저기 있다. 통로라는 지형의 구조상 잡몹은 통로를 가득 메우는 벨벳의 굵직한 번개나 마이와 유이의 【비격】이 낳는 충격파를 피하지 못하고 순식간에 가루가 되므로 연계하고 자시고 할 필요도 없다.

그렇게 한동안 이동했을 때, 모퉁이에서 대형 몬스터가 불쑥 나타났다.

"아! 청새치임다! 히나타!"

"괜찮아……. 【중력의 족쇄】, 【사고 동결】."

히나타의 목소리와 함께 바닥에서 나타난 검은 사슬이 청새치의 몸통을 조이고, 휘몰아치는 냉기가 스킬을 봉인한다. 꼼짝할 수 없게 된 청새치를 향해 벨벳이 번개를 두르고 단숨에 접근하더니, 몸을 스치고 바로 아래로 파고든다.

"【중쌍격】, 【우레】!"

번개를 두른 묵직한 연타가 청새치에게 꽂히고, 전격이 터진다. 그 직후, 벨벳의 주위에서 바닥이 한순간 빛나는가 싶더니, 그래도 벨벳을 중심으로 번개 기둥이 생겨 청새치를 관통해 소멸시켰다.

"휴…… 히나타, 나이스임다!"

"잘 풀렸어."

마이와 유이는 한순간에 아무것도 못 하고 소멸한 청새치를 떠올리면서 호흡이 잘 맞는 두 사람의 연계 플레이를 되새겼다.

"흐흥. 어떻습까?"

"굉장했어요! 호흡이 척척 맞았어요!"

"직접 들으니까 부끄럽습다. 역시 연계의 움직임은 미리 정하는 게 좋습다."

사전에 준비해야만 좋은 연계가 생긴다. 벨벳과 히나타의 움직임은 거의 대부분 PvP, PvE에 유효하며, 반복해서 사용한 것이다.

움직임이 자연스럽고, 각자 자기 할 일을 정하는 것이 매우 빠르다.

"청새치는 대미지를 주는 스킬을 무효화하니까, 히나타가 움직임을 막아야 함다."

"그리고 목적지인 몬스터 하우스 말고는…… 할 일이 더 없어요."

"연계 플레이……."

"으음."

벨벳과 히나타의 전투를 직접 보니 똑같은 벽에 부딪혔다. 역할 분담을 하기 어려운 마이와 유이는 두 사람처럼 연계할 수 없으리라.

"서포트 인원은 중요하니 말임다! 실제로 히나타만 있으면 공격 담당은 내가 아니더라도 상관없슴다."

히나타가 그래도 상성은 있다며 벨벳에게 말했다. 이쯤 되면 생각할수록 보조 스킬을 배울 필요가 있다는 생각이 들기 시작한다.

결국 그 결론에 이른다고, 연계를 생각하면서 던전을 걷던 마이와 유이는 두 사람의 깔끔한 연계를 몇 차례 보는 사이 목적지에 도착했다. 그곳은 보스방처럼 넓은 곳인데, 특별한 것은 없어 보였다.

"한가운데로 갈 검다."

""네!""

다 같이 중앙으로 걸어가자 주위 바닥의 색깔이 변하고, 몬스터가 대량으로 출현했다.

"몬스터가 많이 나오는 함정임다! 이벤트 한정 몬스터도 있슴다!"

몬스터가 한꺼번에 나타나는 함정이라서 출현 몬스터에 포함되는 물고기들도 대량으로 발생한다. 잡을 때는 돌아다니는 것보다 여기서 함정을 작동하는 것이 더 효율적인 셈이다.

"【코퀴토스】!"

몬스터 출현이 끝나자마자 히나타는 아무것도 하지 못하게 전부 얼려 버렸다.

"자, 온 힘을 다해 치는 검다!"

““네!””

전격과 일격필살의 대형망치가 마음껏 주위를 유린하는 전장에서, 얼음이 제때 녹는 일은 없었다.


전투가 끝나고 던전에서 탈출한 네 사람은 그 자리에서 헤어지기로 했다.

"조금은 도움이 되었으면 좋겠는데 말임다."

"똑같이 싸우는 건 어려워요……. 두 사람만의 방법을 찾았으면 좋겠어요."

"네!"

"고맙습니다."

"강해져서, 싸우는 것도 기대하겠슴다!"

벨벳에게 이것은 단순히 친절을 베푸는 것이 아니다. 마이와 유이가 강해지면 그만큼 대인전에서 싸울 때 더 즐겁기 때문이다.

손을 흔들고 멀어지는 벨벳과 히나타를 배웅하고, 마이와 유이는 서로 얼굴을 봤다.

"어쩔까……?"

"우응. 역시 둘 중 하나가 서포트 스킬을 배울까?"

"우리의 강점을 살리는……."

"우리만의……."

““…………!””

두 사람은 눈을 감고 고민했지만, 뭔가 떠오른 것이 있는지 눈을 번쩍 뜨고 메시지를 보낸 다음 길드 홈으로 향했다.

◆ □ ◆ □ ◆ □ ◆ □ ◆

길드 홈을 방문한 마이와 유이를 맞이한 사람은 메시지를 받은 메이플이었다. 사리와 함께 석상을 반복해서 해치우던 참에 두 사람의 연락을 받아 사냥을 중단하고 5층에 있는 길드 홈으로 온 것이다.

"아, 왔구나! 어때? 그쪽은 잘돼?"

"네! 5층은 탁 트여서 안전하게 싸우고 있어요."

"아까는 벨벳 씨와 히나타 씨와 함께 던전에 갔는데⋯⋯."

"걔네랑? 신기한 조합이네."

의아해하는 사리에게, 마이와 유이는 사정을 설명했다. 그리고 그곳에서 한 효율적인 토벌 카운트 작업에 관해서도 두 사람에게 자세히 이야기했다.

"그랬구나⋯⋯. 우리도 재현할 수 있겠어. 떨어지는 건 메이플이 가능할 테고, 몬스터 하우스도 그래. 필드를 돌아다니는 것보다는 효율도 좋아. 조금 생각지도 못했는걸."

"그럼 같이 몬스터 토벌이야!"

"아, 저기. 도움을 요청하고 싶은 것은 다른 일인데요!"

메이플은 마이와 유이에게 도움을 원한다는 부탁을 받아서,

이야기의 내용상 【헌신의 자애】를 써서 방어를 맡아 달라고 부탁하려는 것이라고 생각했었다.

"도와주셨으면 하는 일은……."

마이가 그렇게 말을 꺼내고 메이플과 사리가 도와줬으면 하는 내용을 이야기했다. 그 이야기를 끝까지 다 듣고, 메이플은 고개를 크게 끄덕였다.

"응! 좋아! 맡겨줘!"

"미안……. 나는 도울 수 없겠어……. 메이플, 힘내."

사리는 미안하다는 듯이 대답하고는 그 자리에서 헤어져 몬스터 토벌에 복귀하기로 했다.

"응. 사리도 몬스터 토벌 힘내!"

"고마워. 그러면 다들 좋은 보고를 기대할게."

""네!""

목적을 정했으면 바로 행동에 나서자며, 세 사람은 길드 홈을 나섰다.

목적지는 6층이다. 그곳은 이벤트 몬스터의 출현 확률이 낮게 설정되었는지 물고기도 없어서 사냥하는 플레이어도 없는 곳이다. 그 대신에 대량의 유령이 출현하므로 사리가 협력할 수 없었다.

"여긴가요?"

"응! 맞을 거야!"

그리고 이벤트 몬스터가 잘 나오지 않는 곳이라면, 이쯤에서 목적이 이번 이벤트와 전혀 관계가 없다는 것도 명백했다.

"이런 이벤트 때 다른 걸 하는 것도 좋으니까!"

메이플이 인간의 형상을 버린 것도 비슷한 토벌 이벤트 때다. 이벤트에만 힘을 쏟으라는 법은 없는 셈이다.

"이제는 예전과 똑같이 하면 되니까, 으음……."

메이플은 입가에 손을 대고 예전 일을 떠올리며 머릿속에서 재현해 나갔다.

"응! 일단 똑같이 해보자! 그래서 안 되면 될 때까지 하자!"

""고맙습니다!""

"다들 강해지게 힘낼게! 반드시 『구원의 손』을 입수하자!"

메이플이 그렇게 말하고 팔을 번쩍 들자 마이와 유이도 똑같이 의욕을 냈다.

그렇다. 이번 목적은 메이플이 입수한 적이 있는 『구원의 손』을 마이와 유이가 얻는 것이다.

마이와 유이는 벨벳 일행과의 공략을 통해 자신들의 능력을 잘 살리는 방법을 생각했고, 한 가지 결론에 이르렀다. 공격을 맞히는 데 필요한 것은 서로가 다양한 스킬을 얻는 것도, 떨어지는 기동력을 다소나마 개선하는 것도 아니다. 단순히 망치를 더 늘리면 되는 것이다. 하나가 둘이 되었을 때, 명중률이 확 올랐다. 둘이 넷이 되면 똑같은 효과를 기대할 수 있으리라.

"일단은 음, 근처에 있는 유령을 팍팍 해치우고, 그러다 보면 파란 유령이 나오니까 그걸 따라가면 될 거야!"

"알겠어요!"

"꼭 제령으로 잡아야 해."

"네……?"

마이가 특별한 토벌 방법인지 싶어서 고개를 갸우뚱한다. 그럴 수밖에. 마이와 유이는 일일이 아이템을 써서 해치우는 일이 없다. 망치를 휘두르면 대미지가 줄어들어도 몬스터를 격파하는 일이 드물지 않은 두 사람에게, 언데드 계통에게 특공 아이템인 부적은 익숙하지 않은 것이다.

메이플은 다시 설명하고, 수중에 있는 부적을 두 사람에게 건넸다. 대량으로 산 데다가 쓸 곳도 제한되어서 많이 남았던 것이다.

"예전에는 이 산에 있는 유령을 전부 제령해서 파란 유령하고 만났어. 그게 키 몬스터야."

"산에 있는 유령을 전부……?!"

메이플도 시간이 꽤 오래 걸렸다고 듣고, 마이와 유이는 장기전을 각오했다.

"하지만 이번에는 셋이니까 괜찮아!"

"셋이니까?"

"응. 잠깐 기다려!"

메이플은 공터에서 시럽을 소환하고 덩치를 키우더니, 평소처럼 그 등에 타고 스킬을 발동했다.

"【천왕의 옥좌】!"

바로 아래에 있는 마이와 유이의 주위에 【천왕의 옥좌】와 【헌신의 자애】의 빛이 깔렸다. 그 범위에 있는 한 안전하다고 할 수 있으리라.

"【천왕의 옥좌】가 있으면 유령은 아무것도 할 수 없지만, 혼자선 제령할 수 없거든."

"그래서 셋이면 된다는 거군요!"

거대화 시럽으로 숲속을 이동할 수는 없어서 지난번에는 옥좌를 넣었다 뺐다 하면서 재사용 시간이 될 때까지 기다려야 이동할 수 있는 경우가 많았다. 그러나 마이와 유이에게 제령을 맡기고 메이플이 위에서 유리한 필드를 전개하는 역할에 전념하면 제령도 빨리 진행할 수 있다.

"나무 조금 위를 날아갈 테니까 움직일 때는 말해줘!"

""알겠습니다!""

"좋아! 그럼 얼른 시작하자!"

역할 분담도 완벽, 제령 담당도 혼자 했을 때보다 2배로 늘어나 셋이 함께 후다닥 제령을 진행한다. 메이플이 전개하는 『악속성 봉인』 필드는 넓고, 마이와 유이도 테이밍 몬스터로 기동력을 확보했기 때문에 필드에서 재빨리 제령하고는 이동하는 것을 반복할 수 있게 되었다.

그렇게 한동안 산속을 돌아다녀 유령이 더 보이지 않게 됐을 무렵, 츠키미와 유키미를 타고 지상을 이동하던 마이와 유이 앞에 메이플이 말한 파란 유령이 모습을 드러냈다.

"언니, 저거 아닐까?"

"응…… 메이플 씨한테 확인해 보자."

상공에 있던 메이플은 두 사람이 불러서 주위에 유령이 없는 것을 확인한 다음 옥좌에서 일어나 시럽의 위에서 뛰어내렸다.

"영차! 어, 어딨어?"

"저기요!"

"응! 맞을 거야! 이젠 따라가면 돼!"

메이플은 다음에도 전투가 있다는 사실을 알아서 시럽을 상공에 띄운 채로 유키미를 타고서 셋이 함께 유령을 따라갔다.

그리하여 예전과 똑같이 산꼭대기에 있는 십자가 앞에 도착하고, 준비를 마쳐서 이어지는 이벤트를 기다린다.

""으앗?!""

"나왔어!"

십자가 앞에 서 있던 세 사람의 발밑에서 손이 튀어나와 어두컴컴한 공간으로 끌어들인다.

그리하여 강제로 전투 필드로 내팽개쳐진 세 사람 앞에 커다란 빨간 유령이 나타났다. 메이플이 6층 공략 때 마주친 것과 똑같이 어두운 공간에 드러난 균열에서 상반신을 꺼내 긴 팔을 축 늘어뜨리고 있다.

"혼자서는 고전했지만…… 셋이면 괜찮아! 【고무】! 시럽, 【빨간 화원】!"

메이플은 옆에 있는 시럽을 타고 그대로 서둘러 옥좌에 앉아 상대의 스킬을 봉인했다. 나아가 마이와 유이가 주는 대미지를 강화해서 완벽한 태세로 대기했다.

""【디스트로이 모드】!""

전투가 있다는 이야기를 미리 들은 마이와 유이는 이 공간에 들어오기 전에 【도핑 시드】를 포함한 대량의 아이템을 써서 【STR】을 한계치까지 끌어올렸다. 마지막 준비라는 듯이 스킬을 쓰고, 유령을 공격하는 데 사용하는 불 속성 부여 망치에 불을 붙이고 천천히 다가오는 보스를 기다렸다가 망치를 번쩍 쳐들었다.

"해치워!"

""【더블 임팩트】!""

다가오는 유령의 두 팔을 마이와 유이가 각자 두 개씩 불타는 망치로 때린다. 그것은 마치 유령의 빨간 몸이 그대로 폭발한 것처럼 엄청나게 많은 대미지 이펙트를 발생시켰다.

예전에 메이플이 부적과 소금으로 찔끔찔끔 대미지를 주면서 해치운 것만 봐도 알 수 있듯이, 이 몬스터의 HP는 낮게 설정되었다. 그런 몬스터에 풀파워 상태인 두 사람이 덤벼들면 어떻게 될까?

대미지 이펙트를 덧씌우듯 온몸이 빛으로 변하고, 메이플을 괴롭혔던 보스는 한순간에 소멸하고 말았다.

"오오오! 굉장해 마이, 유이!"

"잘됐어요!"

"네…… 다행이에요!"

세 사람이 기뻐하고 있을 때 어두컴컴한 공간에 마법진이 하나 나타난다.

"어?"

"무슨 일 있나요?"

"음. 예전에는 새하얀 장소가 되어서…… 그곳에서 펜던트를 받았는데……."

하지만 지금 세 사람의 눈앞에 있는 것은 귀환용 마법진뿐이다.

이래서는 찾던 장비를 입수할 수 없다. 메이플은 예전과 뭐가 다른지 끙끙대면서 생각했다.

"저기, 예전엔 나 혼자여서 전투도 길었고, 마지막에 스킬을 많이 쓰고…… 부적도 붙였는데……."

"그거 아닐까요? 보스를 해치우는 방법에도 조건이 있을지도 몰라요!"

여기에 올 때도 부적을 많이 써서 제령했으니까, 어쩌면 보스도 그렇게 해치울 것을 요구할 가능성은 있었다.

"그렇구나! 하긴 그러네!"

"그렇다면 부적으로 잡을 만큼 HP를 남겨야 하네요……."

"으으. 한 번에 되면 좋겠는데."

마이와 유이는 이번에 온 힘을 다해 보스를 뭉갠 셈이니까,

이제부터는 조정해서 보스의 HP를 남기는 것이 목표다. 두 사람이 아니면 생기지 않을 일이지만, 참 심각한 문제다.

패턴 변화가 발생하면 서로 위치를 파악할 수 없어지고, 나아가 이 보스는 메이플에게 유효한 공격이 있으니까 기습으로 각자 격파당할 수도 있다.

결판을 내려면 한순간에 내야 한다.

"시간은 있으니까 여러 번 잡아도 돼! 해치우더라도 우리는 안전한 거니까."

""네!""

그리하여 세 사람은 힘을 조절해서 보스의 HP를 아주 조금만 남길 수 있게 시행착오를 거듭하게 되었다.

그렇게 몇 번이고 도전하고, 딱 알맞은 공격력이 될 때까지 버프를 조금씩 줄여서, 세 사람은 보스의 HP를 아주 조금 남기는 데 성공했다.

"준비 오케이! 그대로 해치워!"

""네!""

보스가 다음 행동에 나서기 전에 마이와 유이가 부적을 잽싸게 붙이자 보스는 HP가 0이 되어 소멸했다. 처음으로 작전대로 잘 풀린 세 사람이 앞으로 있을 전개를 가슴을 졸이며 기다리고 있을 때, 어두컴컴한 공간이 붕괴하더니 메이플이 말한 것처럼 새하얀 공간이 펼쳐졌다.

"해냈어! 성공이야!"

처음을 잘 재현해서 기뻐하는 메이플은 후다닥 뛰어가서 십자가 앞으로 다가갔다.

그러자 메이플이 『구원의 손』을 얻었을 때와 똑같은 연출이 나타나고, 어느새 파티 리더인 메이플의 목에 펜던트가 걸려 있었다.

"어디 보자……. 응! 똑같은 장비 같아!"

메이플은 목에서 펜던트를 풀고 아이템 이름을 확인한 다음 마이와 유이에게 내밀었다.

"먼저 유이에게 주세요."

"그래도 돼, 언니?"

"응. 후후, 빨리 가지고 싶은 눈치인걸."

유이는 그 말을 듣고 순순히 『구원의 손』을 받아서 곧장 장비해 봤다.

"어디 보자. 좋아! 여기에 무기를……."

유이가 양옆에 나타난 팔에 대형망치를 장비하자 무사히 한 손에 하나씩 들 수 있었다.

양옆에서 투박한 수정으로 된 망치가 공중에 뜨고, 유이는 이를 조작해 본다.

"와! 어렵네요!"

"응. 세세한 움직임이나, 다른 걸 하면서 움직이는 건 나도 아직 어려워."

하지만 두 사람은 세세하게 움직일 필요가 없다. 적당히 휘둘러서 맞기만 하면 전부 끝나는 것이다.

"그럼 다음은 마이 차례야! 어⋯⋯?"

"네! 왜 그러세요⋯⋯?"

뭔가 당연한 것을 놓친 듯한 표정을 짓는 메이플을 보고, 마이가 고개를 갸우뚱했다.

"우웅. 혼자 왔을 때는 엄청 고전해서 다시는 오지 않을 줄 알았으니까 생각한 적이 없었는데⋯⋯ 이러면 어떨까?"

메이플이 마이와 유이에게 한 가지 제안하자, 두 사람도 그렇겠다며 고개를 끄덕였다.

"좋아! 그렇다면 빨리 하자! 더 힘내야지!"

""네!""

그리하여 세 사람은 일단 보스방을 나섰다.

그리고 며칠이 지나서.

이벤트 한정 몬스터를 잡아서 얻은 소재로 만들어지는 아이템을 하나씩 제작하면서, 이즈는 느긋하게 공방에서 시간을 보내고 있었다.

"휴. 이 정도면 될까. 레어 드롭 소재로 만드는 아이템은 수중 탐색이 편해지는 것이 많네. 당연한 거겠지만, 다음 층과 뭔가 관계가 있을까?"

일부러 새로 추가한 거니까 뭔가 쓸 때를 준비했을 것이라고, 이즈는 생각했다. 그렇다고 해도 현재로서는 이렇다 할 답이 없지만, 그래도 적당히 필드에 있는 바다나 호수를 탐색하는 데 도움이 되면 상관없으리라.

"토벌은 어느 정도 다른 사람들한테 맡길까."

그러고 나서 한숨 돌리려고 공방 의자에 앉았을 때 밖에서 부르는 소리가 들렸다.

"""이즈 씨!"""

공방에 찾아온 사람은 메이플, 마이, 유이였다. 이즈는 세 사람이 최대한 서둘러서 찾아왔다는 것과 뭔가 부탁이 있는 것임을 그 분위기에서 예측했다.

"뭘 그렇게 서두르니?"

"마이와 유이의 무기를 만들어 주세요!"

"무기? 혹시 부서졌니? 조금 전에 정비한 참이니까 괜찮을 줄 알았는데…… 물론 그것 자체는 괜찮아."

"고맙습니다!"

"저기…… 저랑 유이의 망치를 여섯 개씩 부탁하고 싶어요."

"여, 여섯 개씩?!"

내구치를 확 깎는 몬스터와 싸웠을까. 혼자 그렇게 추측하는 와중에 세 사람에게 예상하지 못했던 설명을 듣고 이즈가 눈을 휘둥그레 뜬다.

"자, 잠깐만? 무슨 소리인지 모르겠는걸."

이즈가 그렇게 말하자 세 사람도 설명이 부족했다고 느끼고 이유를 말했다.

"우웅. 직접 보는 게 알기 쉬울 테니까⋯⋯."

메이플이 그렇게 말하고 마이와 유이에게 눈짓하자 두 사람이 장비를 변경했다. 그러자 두 사람의 주위에 각각 여섯 개씩 하얀 손이 나타났다.

이즈도 그것을 보고 무슨 일인지 눈치챘다.

그렇다. 장신구는 한 사람이 세 개씩 장비할 수 있다. 그렇다면【STR】을 올려주는 장신구를 장비한 슬롯을 전부『구원의 손』으로 바꿔서 무기를 두 개씩 장비해도 아무런 문제가 없을 것이다. 테이밍 몬스터와 교체하면서 싸울 필요가 생기지만, 두 사람은 이로써 환상과도 같은 즉사급 대형망치 8개 장비가 가능해진 것이다.

"이제 이해했어⋯⋯. 머리가 조금 어질어질하지만. 그래! 물론 합쳐서 열두 개, 성능도 일등급으로 만들어 줄게!"

""고맙습니다!""

"완성하면 시험하러 가자!"

""네!""

그것을 본 다른 플레이어들이 대체 뭐라고 생각할지, 이즈는 혼자서 그 광경을 상상했다.

―――――――――――――――――――――――――

335 이름 : 무명의 대검 유저
이벤트를 그럭저럭 소화 중인데,
억척같이 할 필요가 없어서 마음이 편해.


336 이름 : 무명의 활 유저
어느 층이 효율이 좋을까?


337 이름 : 무명의 창 유저
층보다는 장소겠지.
리젠이 빠른 곳이나 잡기 편한 곳은 어느 층에나 있으니까.


338 이름 : 무명의 활 유저
원거리 주체라서 포위당하지 않는 곳에서 하는데
효율이 별로란 말이지.


339 이름 : 무명의 대검 유저
뭐, 모두가 목표를 달성하려고 하는 형식이니까
조금 별로여도 괜찮잖아.

340 이름 : 무명의 마법 유저
안녕하신가.

341 이름 : 무명의 창 유저
불길한 인사네……

342 이름 : 무명의 대검 유저
이해해.

343 이름 : 무명의 활 유저
이건 뭔가 있었을 때 하는 인사.

344 이름 : 무명의 마법 유저
엄청난 걸 봤어.

345 이름 : 무명의 창 유저
이벤트 몬스터입니까?
아니면 몬스터 같은 플레이어입니까?

345 이름 : 무명의 마법 유저
몬스터 같은 플레이어.

347 이름 : 무명의 활 유저
이름은 메로 시작합니까?

348 이름 : 무명의 마법 유저
부분적으로는 그런데?

349 이름 : 무명의 대검 유저
?????

350 이름 : 무명의 마법 유저
간단히 말해서
마이랑 유이의 대형망치가 8개가 됐어.

351 이름 : 무명의 대검 유저
???????????????????????

352 이름 : 무명의 활 유저
의미불명 발언.

353 이름 : 무명의 방패 유저
못 들었어. 나는 안 들었어.
요 며칠은 묵묵히 사냥만 했으니까!

잠깐 확인하러 가야지……

메이플이 뭔가 저지른 것 같으니까.


353 이름 : 무명의 창 유저

생선의 영양분이 풍부했던 걸까?

경험치를 듬뿍 먹어서…….


355 이름 : 무명의 대검 유저

레벨이 오른다고 무기는 안 늘거든? 안 늘거든?


356 이름 : 무명의 마법 유저

멀리서 슬쩍 봤을 때

까맣고 하얀 덩어리가 움직이나 싶었더니 인간이었어.


357 이름 : 무명의 창 유저

애초에 과잉 화력이잖아.

가상의 적이 뭐야? 걔네가 그랬다간 뭐든 가루가 되잖아.


358 이름 : 무명의 방패 유저

쑥쑥 자라는걸…… 다들 대단해.


359 이름 : 무명의 대검 유저

보스가 불쌍해.

360 이름 : 무명의 활 유저
피하면 어떻게든…….

361 이름 : 무명의 방패 유저
표면적의 폭력이잖아.
나는 못 봤고 원리도 모르지만
그 커다란 걸 맞으면 치명상이야.
그게 여덟 개? 어이어이어이.

362 이름 : 무명의 마법 유저
대형망치 여덟 개를 빙글빙글~
몬스터는 와장창창~

363 이름 : 무명의 창 유저
이상 사태에 뇌가 녹는다.

364 이름 : 무명의 활 유저
빙글빙글~이 아니야.
죽음을 흩뿌린다고.

365 이름 : 무명의 방패 유저
와, 메인 딜러가 참 믿음직한걸!

366 이름 : 무명의 대검 유저
지금까지도 충분히 믿음직했을 텐데.
오오…… 이제는…….

————————————————————————————

## 3장 방어 특화와 보스 러시.



마이와 유이는 다시 5층에서 이벤트 몬스터를 잡으면서 여덟 개가 된 대형망치를 휘두르는 연습을 시작해서, 메이플은 사리에게 어떻게 된 일인지 설명했다.

"그랬구나……. 걔들이라면 정말로 잘 쓸 것 같아. 대체 뭘 잡을 생각인지 물어보면 곤란할 정도지만……."

마이와 유이의 스테이터스 사정상 사리나 카스미가 무기를 늘리는 것과는 차원이 다르다. 두 사람은 세세한 조작이 필요하지 않아서 다루기 어렵다는 단점을 무시하고 무기가 여섯 개 늘어나는 것을 순수한 이점으로 받아들일 수 있다.

"그러면 이제 파티 차원의 공격력은 걱정하지 않아도 되겠네. 무기가 늘어나서【STR】도 또 올라갔을 테니까……."

지금껏 보스를 상대하는 최종병기로 엄청나게 공헌한 마이와 유이. 하지만 그것도 정점을 찍었다고 볼 수 있으리라.

"파티의 움직임을 생각하면 두 사람이 해치우기 어려운 상대를 생각해서 강화하고 싶은걸."

"흠흠."

"예를 들면 움직임이 너무 빠르다든가, 사정거리에 들어오지 않는다거나."

그렇게 사리는 몇 가지 예를 들지만, 하나같이 공격과 관계가 있는 이야기다. 당연할 수밖에 없는 것이, 두 사람을 지키는 쪽으로는 메이플이 있기 때문이다. 【헌신의 자애】와 【천왕의 옥좌】는 마이와 유이의 낮은 방어력을 손쉽게 커버할 수 있다. 성능 면에서는 요구하지 않아도 될 만큼 완성됐다.

"원래부터 잘 맞았지만, 셋이 전부 강해진 상승효과가 손쓸 수 없는 지경이 된 느낌이야."

사리는 다음 대인전에서 몇 팀으로 나뉘어 행동할 기회가 생기면 역시 이 삼인조를 한 팀으로 짜는 게 최고라고 이해했다.

"연계 플레이도 있는 게 나을까?"

"응. 여차할 때 잽싸게 반응하는 것도 자주 경험하면 더 좋아지니까."

"사리는 엄청 잘 움직일 수 있으니까."

"VR도 꽤 자주 했으니까. 다 경험인 거지."

물론 【AGI】가 다른 것도 있지만, 사리의 민첩함은 다른 멤버들과 차원이 다르다. 근본적인 부분에서, 스킬에 의존하지 않는 능력 차이가 확실하게 존재한다.

"후후. 나랑 연계하는 것도 연습해 볼래?"

"응! 근데 잘 따라갈 수 있을까……."

"어렵게 생각하지 않아도 돼. 그 뭐냐, 내가 받지 못하는 공격은 메이플이 막고, 메이플이 받지 못하는 공격은 내가 가져가면 돼."

"그렇게 해서 노대미지를 목표로 삼는 거구나!"

"맞아. 메이플도 강하게 공격할 수 있으니까, 알맞게 공격 담당을 바꾸는 거야. 방어는 파트너를 믿으면 돼."

"응!"

사리는 메이플의 방어력을, 메이플은 사리의 회피력을 믿고, 그것을 전제로 움직이고 있다. 그것은 아슬아슬한 승부에서 승리를 가져다주는 강점이라고 할 수 있으리라.

"그러니까. 지금부터 잠깐 던전에 안 갈래?"

"바로 연계 플레이구나! 좋아!"

"그렇게 말할 줄 알았어!"

그리하여 메이플과 사리가 간 곳은 현시점에서 몬스터가 가장 강한 7층이었다. 두 사람도 많이 돌아다녔지만, 아직 발을 들이지 않은 곳도 많다.

평소처럼 사리가 메이플을 뒤에 태우고 말을 몬다.

"이번에는 어딜 갈 거야?"

"메이플이 마이랑 유이랑 6층에 간 사이에 우연히 찾은 곳이 있어서 말이야. 잠깐 탐색해 봤는데, 혼자서는 어려울 것 같아서 도로 나왔어."

사리가 위험을 느끼고 돌아왔다는 말을 듣고, 메이플은 그만큼 어려운 던전일 거라며 긴장했다.

"정보는 있어?"

"조사했을 때는 없었으니까, 아직 못 찾았거나 비밀로 하는 거겠지. 지금 알려지면 더 화제가 될 거니까."

"?"

"가 보면 알아."

숲을 지나 황무지를 넘어 산을 오르고, 두 사람은 계곡 위에 도착했다.

아래를 보면 양옆에 깎아지른 암벽인데, 군데군데 벽에 난 구멍과 구멍을 돌다리가 잇는다. 나아가 흉포해 보이는 새 타입 몬스터가 여기저기서 기성을 지르고 있어서, 계곡에서의 행동을 방해할 것이 뻔했다. 메이플이 봐도 계곡 양옆을 오가면서 공략하는 것이 정석 같았다.

"가장 아래로 내려가면 돼?"

"응. 그렇다면⋯⋯."

"점프해야지!"

"맞아. 그게 가장 빨라."

시럽을 타고 천천히 내려갈 필요도 없다. 가장 아래에 도착하고 싶다면 메이플이 사리를 【헌신의 자애】 범위에 놓고서 둘이서 뛰어내리면 된다. 제아무리 몬스터라도 곤두박질하듯 낙하하는 플레이어를 따라잡을 수는 없다.

"뭐, 나도 바로 내려가는 방법을 시험해 봤어."

"그렇구나. 사리도 실이나 발판을 만들 수 있으니까!"

사리의 공중 기동력은 매우 뛰어나서, 단숨에 바닥에 내려갈 수는 없어도 이만큼 벽과 발판이 풍부한 곳이라면 문제없이 몬스터에 대처하면서 내려갈 수 있다.

"그래서…… 잘 풀리면 좋겠는데…… 메이플, 잠깐 이쪽으로 와봐."

"응? 뭔데?"

사리는 한곳을 가리켰다. 그곳에는 새 타입 몬스터가 조금 많고, 그 대신에 발판이 되는 돌다리가 여럿 걸려 있었다. 고도에는 차이가 있지만, 잘하면 비행 수단이 없는 플레이어도 숏컷으로 이용할 수 있을 것이다.

"저기는 특수 조건을 충족하면 게이트가 열려."

"어?!"

"위에서 제대로 보면 높이가 다른 다리가 고리처럼 보이지?"

"진짜 그래."

사리가 말하길, 고리처럼 보이는 부분의 안쪽에서 모든 속성의 기본 마법을 발동하면 전이할 수 있다고 했다.

"굉장해! 그런 건 어떻게 알았어?"

"몬스터가 많고, 발판도 불안정하니까 회피와 요격을 연습하는 데 딱 좋을 것 같았는데, 그러다가 우연히 말이지."

메이플은 도저히 흉내 낼 수 없는 일이어서, 역시 사리는 대단하다며 고개를 끄덕였다.

"진짜는 그 너머에 있지만."

"알았어!"

메이플은【헌신의 자애】를 발동하고 사리와 몸을 밀착해 뛰어내릴 준비를 한다.

"준비됐어?"

"오케이!"

""하나, 둘, 셋!""

두 사람이 지면을 박차고 몸을 날리더니, 그대로 바닥을 향해 일직선으로 떨어진다.

"좋아. 가자!"

"응!"

사리는 능숙하게 모든 속성 마법을 발동했다. 그러자 고리 안쪽에서 하얀빛이 터지고 두 사람을 감싸듯 다른 장소로 통하는 전이가 발동했다.

전이와 함께 낙하에 따른 가속도 사라지고, 메이플과 사리는 문제없이 전이된 곳에 서 있었다.

두 사람이 전이한 곳은 원형 광장의 중심으로, 벽에는 더 이동할 수 있어 보이는 통로가 간격이 동일하게 방사선형으로 이어지고 있다. 메이플이 주위를 둘러보자 전이했을 때부터 남아있던 바닥의 빛이 지면을 밝히면서 슥 이동하고 하나의 통로를 가리켰다.

"저기가 정답인 걸까?"

"아니, 저기에는 탈출용 마법진이 있다는 뜻이야."

"어? 벌써 돌아가?"

"그래. 언제든지 탈출할 수 있다는 거야. ……온다!"

사리가 그렇게 말하자 빛이 가리킨 곳을 제외한 통로에서 다종다양한 몬스터가 차례차례 나타났다. 본 적이 있는 것도 있고 없는 것도 있다. 이벤트 한정 몬스터도 있어서, 그 종류에는 법칙성이 없다.

"아무튼 끝까지 해치우자!"

"알았어!"

사리가 아는 것은 여기까지. 혼자 여럿을 상대하는 전투에 취약한 사리에게 이 지형과 대량의 몬스터는 상성이 나쁘다. 이곳을 공략하려면 상성이 좋은 메이플의 도움이 필요했다.

"관통 공격이 있어 보이는 것부터 우선해!"

"응! 【전무장 전개】!"

유일하게 몬스터가 나오지 않는 통로가 있어서 이를 등지고 최대한 안전을 확보한 다음, 정면을 향해 사격을 개시한다. 사리는 메이플의 사격을 맞으면서도 전진하는 몬스터 중에서 위험하다고 판단한 것부터 해치워 나간다.

"오보로, 【불의 동자】, 【불 옮기기】! 【물 두르기】! 【더블 슬래시】."

사리는 오보로의 스킬로 화염을 두르고 공격할 때마다 불 속성 대미지를 주게 하더니, 이어서 【물 조종술】로 입수한 스킬로 자기 몸에 물 속성 자동 추가타 효과를 부여했다.

【추인(追刃)】도 포함해서 사리의 공격이 명중할 때마다 추가 공격이 3회 발생한다. 하나하나는 위력이 작아도 단검 두 자루의 빠른 연타로 때리면 버틸 재간이 없다. 본래는 단순한 연속 공격에 불과한 【더블 슬래시】라도 쌍검으로 공격 횟수가 2배로 늘어나므로, 대미지가 16회 발생한다. 이 정도면 본래의 스킬 대미지와 동떨어진 숫자가 뜬다.

"팍팍 해치우자! 【포식자】, 【히드라】, 【흘러나오는 혼돈】!"

사리가 하나씩 숨통을 끊어 놓는 가운데, 메이플은 사리의 전투 영역을 피하고 원거리 공격 스킬을 사용해서 몬스터를 흠씬 두들긴다. 원래라면 도망칠 곳이 없는 중앙에 있는 플레이어가 몬스터에게 사방에서 공격당해야 하지만, 메이플에게 도달하려면 빗발치는 총탄을 뒤집어쓰고, 대미지 스킬을 버티면서 사리와 두 괴물을 돌파해야만 한다. 메이플을 쓰러뜨리려면 사리를 돌파하고 묵직한 일격을 가해야 하는데, 사리를 쓰러뜨리려면 먼저 메이플을 쓰러뜨려야 한다.

그것은 강점이 물량밖에 없는 어중이떠중이 몬스터들에게는 과도한 요구였다.

슬라임, 오크, 고블린 등 자주 보는 몬스터 집단은 기세를 잃기 시작했고, 마지막 한 마리가 사리에게 목이 베였을 때 광장이 마침내 정적을 되찾았다.

"양이 엄청났어."

"이벤트 몬스터도 섞여 있었으니까 드롭 소재를 잘 회수하자."

　광장에서 소재를 회수했을 때 땅울림 소리가 들려서 두 사람은 통로에 들어가는 것을 그만두고 일단 거리를 두었다. 진행용 통로라고 하더라도 몬스터가 발생하는 상황에서는 위험이 따르기 때문이다. 그러자 얼마 후에 통로에서 또다시 대량의 몬스터가 나타났다.

　"또야! 좋아. 똑같이 해서……."

　"응. 조금만 더 잡아서 상황을 보고 싶어."

　자꾸 덤벼도 소용없다는 듯이, 메이플과 사리는 다시 발생한 몬스터들을 차례차례 해치워 나간다. 그 기세는 사그라지는 기미가 없이, 몬스터가 팍팍 줄어든다. 여유가 생긴 사리는 몬스터에 뭔가 특징이 없는지 생각해 봤지만, 첫 번째와 종류는 조금 달라도 흔한 몬스터라는 사실에는 변함이 없었다.

　잡몹 무리가 다시 도전해도 메이플이 있는 곳까지 도달할 수 없을 것은 불 보듯 뻔했다. 관통 공격도 맞는 거리가 안 되면 가치가 없다.

　완전히 첫 번째 무리를 다시 재생한 듯한 분위기로, 몬스터들은 싹 쓸려나갔다. 마지막으로 통로에서 뒤늦게 나타난 커다란 고블린은 사리가 대기하고 연타를 날리는 바람에 손에 쥔 검을 들어 보지도 못했다.

　"휴. 두 번째 웨이브도 끝났네."

　"아직 여유로워!"

"응. 믿음직한걸.【헌신의 자애】와 탄막으로 숫자를 안 줄이면 불안할 테니까."

사리가 치명상을 줄 수 있는 것은 어디까지나 단검이 닿는 범위다. 예전에 물러난 것은 압도적 물량으로 만들어진 전선을 혼자 돌파하고, 안쪽에서 마법을 쏘는 타입을 격파하기 어렵다고 판단했기 때문이다.

사리의 회피력도 메이플의 방어력도, 그것을 적절하게 발휘할 수 있는 상황이어야 한다.

"이대로 몬스터가 계속해서 대량으로 나오기만 한다면 이벤트 몬스터 토벌 카운트를 올리는 데 딱 좋은데 말이야."

"꽤 많이 섞여 있었으니까."

"만약 쭉 이런 느낌이면 몬스터를 잡으면서 통로를 이동할 필요가 있을까?"

"알았어. 그때는 단단히 가드할게."

"응. 부탁할게."

과연 다음에는 무엇이 나올지 잠시 기다리자 땅이 울리고 두 사람이 기대하던 변화가 나타났다. 지금 나타난 몬스터는 앞선 두 차례와 비교해서 딱 봐도 기계나 골렘 같은 무기물이 많다는 변화가 있었다. 사리는 금방 법칙을 예상했다.

"각 층에 맞춘 걸까⋯⋯."

"아! 그럴지도!"

사리는 예상이 맞지 않았으면 좋겠다는 눈치로 말했다. 첫 번째, 두 번째 웨이브는 1층과 2층 몬스터가 나타났고, 세 번째는 3층 몬스터인 셈이다. 3층은 정말로 이런 몬스터가 많아서 두 사람도 잘 기억하는 것도 있었다. 1층, 2층과 비교해서 필드와 몬스터에 큰 변화가 나타난 까닭에 추측하기 쉬웠다.

그렇다면 당연히 이대로 가다간 6층 몬스터도 나올 것이다.

"지금은 이 몬스터를 잡자! 몬스터들도 공격하기 시작했어!"

"응. 예상이 맞지 않기를……."

다음을 조금 예측할 수 있게 됐을 때, 메이플과 사리는 다시 몬스터 무리와 대치한다. 3층의 몬스터로 추정되는 기계병과 골렘이 통로에서 와르르 나와서 두 사람에게 다가온다.

"【공격 개시】!"

메이플이 총탄을 발사하자 금속으로 된 골렘이 기계병이 맞지 않도록 사이에 끼어들어 방어했다. 골치 아프게도 골렘에는 메이플의 사격이 통하지 않는지 HP 막대가 줄어들지 않았다.

"으으, 역시 골렘은 싫어."

"나도 안 통하니까, 하나씩 잡을까?"

기계병은 손에 든 총을 쏴서 두 사람을 공격하지만, 골렘이 메이플의 총탄을 튕겨내듯이 메이플한테도 기계병의 총탄이 통하지 않는다. 골렘과 기계병은 살아남지만, 같이 있는 평범한 몬스터와 애초에 막아주지 않는 비행 기계 타입은 뿌려지는 탄에 맞아 털썩털썩 쓰러졌다.

"그러면 평소처럼 방어가 탄탄한 적은 나한테 맡겨! 【디펜스 브레이크】!"

메이플은 아직 방어 관통 스킬이 없다. 그래서 이 약점은 같은 파티의 딜러가 보충할 필요가 있다. 어쩌고 보면 탱커와 딜러의 올바른 모습이라고 할 수 있으리라.

"그리고…… 자, 이러면 어때?"

사리는 몬스터의 틈새를 빠져나가 기계병을 직접 공격했다. 골렘이 사리를 막으러 오면 메이플에게 벌집이 되지만, 이대로 방치해도 기계병이 다 죽는다.

사리를 어떻게든 하려고 해도 【헌신의 자애】 범위에 있는 한 골렘에게는 방법이 없다.

제아무리 똑같은 방어 담당이라도 메이플과 골렘은 급이 다른 것이다.

"【격류】!"

스킬을 쓰자마자 몬스터들 사이로 뛰어든 사리에게서 거센 물줄기가 발사된다. 그것 자체는 대미지가 없지만 근처에 있던 몬스터부터 밀어내 진형을 엉망진창으로 망가뜨린다. 골렘의 뒤에서 밀려난 기계병은 메이플의 탄막에 노출되어 차례차례 빛으로 변해 소멸했다.

"【디펜스 브레이크】! 【트리플 슬래시】!"

이 정도가 되면 문제없이 대처할 수 있어서, 메이플과 사리는 세 번째로 숫자로 압도하는 상대를 유린했다.

그리하여 몬스터를 전부 해치운 두 사람이 손을 마주쳤을 때 바닥이 크게 흔들렸다.

"버, 벌써 다음이야?"

"아까보다 빨리 나오네."

　통로 너머를 가만히 보는 두 사람 앞에 나타난 것은 메이플도 본 적이 있는 존재였다.

"앗! 기계신?!"

"어?! 지, 진짜?"

　색깔은 다르니까 그 보스의 성질상 비슷하게 만들어진 것으로 추측할 수 있지만, 드디어 보스다운 적이 나타났다.

　다른 통로에는 메이플이 레이저를 쏘는 것과 비슷한 병기가 설치되어 두 사람을 조준하고 있다.

"그래. 지금부터는 잡몹만이 아니라 보스도 얼마든지 나올 수 있다는 건가……."

　예상보다 어려운 던전에 뛰어들었다고 느끼는 사리. 그런데도 즐거운 것은 메이플과 함께 강력한 적에 맞설 수 있기 때문이다.

"좋아. 이쯤 되면 깰 때까지 하자!"

"연계 플레이를 보여줄 때야!"

　잡몹과는 차원이 다른 상대에게 정신을 바짝 차리고, 메이플과 사리는 다시 무기를 들었다.

　전투태세를 취한 직후, 기계신의 레이저 장치가 두 사람을 향해 굵직한 레이저를 쐈다. 【헌신의 자애】가 있다고는 하나 피해서 손해를 볼 일도 없다며 잽싸게 뛰어오른 사리는 그대로 유일하게 레이저 장치가 없는, 전이 마법진이 있는 통로 앞에 착지했다.

광장 중심에는 레이저를 전부 맞아서 눈으로 확인할 수 없어진 메이플이 있다.

"괜찮아?"

"응! 만든 무기는 부서졌지만, 받는 대미지는 없는 것 같아! 어어?!"

그렇게 말하던 메이플이 엄청난 기세로 뒤에 있는 사리를 향해 날아오는 것을 보고, 사리가 잽싸게 몸을 받아냈다. 그러나 속도가 줄어들지 않아서 그대로 한꺼번에 날아가 버린다.

"저기?! 전이 마법진에 들어갈 거야!"

"어?! 처, 【천왕의 옥좌】!"

메이플이 자주 브레이크 용도로 쓰는 옥좌는 이번에도 잘 작동했다.

순식간에 나타나 움직이지 않는 벽이 되면서 메이플과 사리가 세게 충돌한다. 넉백 효과를 받아서 그대로 마법진에 들어가 강제 퇴장당하는 결말은 방지하는 데 성공했다.

"자, 이제 어쩔까……."

"예전에도 이렇게 벽으로 밀려났었어."

두 사람의 뒤에는 전이 마법진이, 앞에는 통로가 있는데, 통로는 일직선으로 아까 있었던 광장으로 이어진다. 정면에서는 병기를 전개한 기계신이 지금도 넉백 효과가 있는 탄을 쏴대고 있어서 두 사람은 옥좌에 눌리는 상황이다. 만약 광장으로 돌아가면 사선을 회복한 레이저 병기도 공격을 재개하리라.

"음, 다음에도 보스가 나올 거 같으니까…… 최대한 아껴서 돌파하고 싶은데."

"생각해도 괜찮을 것 같으니까 곰곰이 생각해 보자!"

"언제나처럼 전투 중 작전 타임이구나."

사리는 익숙하다며 현재 상황을 파악하기 시작했다. 메이플의 방어력 덕분에 시간은 얼마든지 있다. 작전 타임을 두면서 의견을 통일하고 다음 행동으로 넘어갈 수 있으니까, 어쩌면 이것도 메이플의 숨겨진 강점이라고 할 수 있으리라.

"【헌신의 자애】는 통로에서 조금 더 밖으로 이어지니까…… 시험해 봐도 되겠어."

"응. 아까 봤을 때는 레이저에 넉백 효과가 없는 것 같으니까, 기계신의 공격만 안 맞으면 여기서 움직일 수 있겠지?"

"어, 응."

"내가 피해서 통로를 뛸게. 잘되면 【바꿔치기】로 위치를 바꿔서 뒤에 통로가 안 오게 하자."

"알았어!"

【헌신의 자애】가 있으면 실패해도 또 날아가기만 한다. 죽는 일은 없다.

"좋아. 갈게!【얼음기둥】!"

사리가 눈앞에 얼음으로 된 기둥을 세워서 총탄을 막자 넉백에서 해방됐다.

그러나 좁은 통로 중앙에 장해물을 세우면서 양옆으로 총탄이 집중되니까 이대로 가서는 결국 이 자리에서 움직일 수 없다. 사리는 뺨을 짝 치고 숨을 크게 내쉬었다. 그 동작만 보고 뭘 할지 이해한 메이플은 사리를 응원했다.

"힘내!"

"맡겨줘."

사리가【얼음기둥】을 해제하자 정면에서 빠른 총탄이 연이어 날아들었다.

"흑……!"

사리는 작게 숨을 내쉬고 몸을 틀어서 총탄을 피했다. 빈틈이 전혀 없어 보이는 곳을, 마치 총탄이 사리를 피해서 궤도를 튼다고 착각할 정도로, 발사할 때의 아주 작은 시간 차이로 발생한 빈틈을 파고드는 것이다.

피할 수 없는 것은 단검으로 쳐내고, 수백 발의 탄환이 마치 존재하지 않는 것처럼 멈추지 않고 나아간다.

"그 총…… 메이플이 더 많이 썼을걸."

마지막에는 슬라이딩으로 탄막을 피하고, 옆으로 몸을 날려서 이동한 다음【바꿔치기】를 사용해 메이플과 위치를 뒤바꿔 탈출시킨다.

"오오! 굉장해! 한 번에 성공했어!"

"그대로 그쪽으로 갈 테니까 한동안 맞고 있으면 좋겠어!"

"오케이.【도발】!"

메이플은 총탄과 레이저의 조준을 자신에게 유도하고 몸으로 받는다. 대미지가 안 뜨는 것을 아니까 문제없다. 그러는 동안에 표적에서 벗어난 사리가 걸어서 통로를 빠져나왔다.

"휴…… 탈출 완료. 그러면 공격해 보실까."

"사리! 어쩔까?!"

총탄이 부딪히는 소리에 묻힐 듯하면서도 메이플은 앞으로 어떻게 할지를 물어봤다.

"일단 레이저 장치부터! 대미지는 안 떠도 성가시니까!"

"응. 앞이 안 보이니까!"

"나한테 공격이 오면 그때 메이플도 레이저 장치를 노려!"

"알았어!"

끊임없는 공격만 없어지면 다시 병기를 전개할 수도 있다. 이런 상황에서는 메이플의 내구력에 병기의 내구력이 쫓아가지 못해서 전개해도 금방 부서지니까 제대로 쓸 수 없다.

사리는 메이플의 앞에 얼음기둥을 만들어 무슨 일이 생겨도 몸이 드러나지 않게 부분 전개 정도는 가능하도록 지원한 다음, 가장 먼 레이저 장치부터 차례대로 파괴해 나간다.

"【퀸터플 슬래시】!"

【더블 슬래시】가 16연타로 바뀐 것처럼, 【퀸터플 슬래시】는

40연타가 된다. 한 대 한 대의 대미지는 작지만 애초에 40번 공격하는 데 들어가는 시간과 비교하면 압도적으로 짧은 시간에 몰아칠 수 있는 것이 강점이다.

그 결과, 엄청난 기세로 버스트 대미지가 뜨고 레이저 장치가 단숨에 폭발했다.

"뭐야, 생각보다 약한걸. 다음!"

이 정도면 계속해서 부술 수 있다며 두 번째 장치를 파괴하려고 했을 때, 공격 대상이 메이플에서 파괴 공작 중인 사리에게 넘어갔는지, 병기와 기계신이 일제히 사리가 있는 쪽을 돌아봤다.

"좋아. 일일이 부수고 다니기 귀찮았으니까, 마침 잘됐어."

사리는 기세등등하게 말하고 자신이 있는 곳으로 쏠리는 여러 줄기의 레이저를 뛰어올라서 피했다. 그대로 공중에 발판을 만들어 착지하고, 날아드는 총탄을 모조리 단검으로 떨어뜨린다.

불똥이 튀고 금속과 금속이 부딪치는 소리가 울려 퍼지는 가운데, 대미지 이펙트는 하나도 뜨는 일 없이 그대로 레이저를 홀쩍홀쩍 피하면서 공격을 유도한다. 그리하여 마침내 완전히 자유로워진 메이플이 병기를 전개했다.

"【전무장 전개】, 【공격 개시】!"

메이플은 포구를 각각의 레이저 장치로 돌리고 일제히 공격을 시작했다.

기계신이 레이저 장치를 여러 개 준비할 수 있는 것처럼, 그것과 이름이 똑같은 능력을 지닌 메이플도 비슷한 일을 할 수 있다.

메이플에게도 강력한 공격력이 있어서, 사리의 공격 가담이 어려워져도 적을 격파하러 나설 수 있다.

동시에 공격당하면서 나머지 레이저 장치가 한꺼번에 폭발하고, 광장 중앙에는 기계신 본체만이 남았다.

"메이플! 뭔가 있기 전에 단숨에 처리하자!"

"응!"

또다시 메이플에게 총구가 향하는 것에 반응하고, 사리는 단숨에 거리를 좁혀 재차 연타를 날렸다.

"【섹스튜플 슬래시】!"

오랫동안 사용하고 있는 기본 연타 스킬. 모션도 심플하고 추가 효과도 없지만, 사리는 이 스킬로도 충분했다.

공격에 맞춰서 불과 물이 춤추고 대미지를 가속시킨다. 다만 수십 번에 달하는 연타를 날리면 당연히 도중에 총구가 사리에게 돌아갈 것이다.

"【커버 무브】, 【헤비 보디】!"

그것은 메이플도 잘 알아서, 고속 이동으로 사리의 옆으로 날아가 【헌신의 자애】로 공격을 대신 받는다. 나아가 아직 익숙하지 않은 【헤비 보디】로 넉백을 무효화했다. 그 대신에 이동할 수 없게 되지만, 사리가 적 근처로 아슬아슬하게 접근한 덕분에 메이플도 문제없이 공격에 가담할 수 있다.

"【심해의 부름】!"

메이플은 한쪽 팔을 촉수로 변형해 기계신의 몸통을 으스러뜨리듯 휘감아 사리의 연타를 웃도는 대미지를 띄웠다. 그리고 바짝 붙어서 수많은 총구로 사격해 기계신의 몸에 구멍을 내며 순식간에 HP를 줄이는데, 그러자 기계신이 더 많은 병기를 전개했다.

"어이쿠, 먼저 해치우자! 【도약】, 【핀포인트 어택】!"

사리는 높이 뛰어올라 기계신의 머리 위를 차지한 다음, 공중에서 자세를 바로잡아 단검을 휘둘렀다. 그것은 머리에서 몸통을 반으로 갈랐고, 당장에라도 불을 뿜으려고 했던 대량의 병기가 기계신 격파와 함께 부스러졌다.

"나이스!"

"응. 메이플도. 이제 악식은 다섯 번 남았네. 남은 병기는 괜찮아?"

"응! 아직 여유야!"

"그러면 【헤비 보디】가 끝나면 가운데로 돌아갈까."

"네네네! 그때까지 나오지 않기를……."

"대충 뭐가 나올지 예상되지만. 메이플과 함께 싸우는 건 즐거워."

"힘내자!"

"당연하지. 뭐가 나와도 안 져."

그리하여 메이플과 사리는 다음 전부를 대비하고, 변화를 기다렸다. 아무 일도 없다면 그걸로 족하다. 그러나 두 사람이 예상한 대로 다음 몬스터가 정면 통로에서 나타났다.

"으⋯⋯!"

"예상이 얼추 맞았네."

나타난 것은 4층의 보스인 오니(鬼) 대장. 메이플에게【백귀야행】스킬을 준 장본인이다. 그것과 흡사하게 생긴 보스는 이번에 그 덩치에 걸맞게 큰 일본도를 들고 있다.

"최강급의 보스 러시인지, 메이플이 해치운 몬스터가 나오는 건지는 모르겠지만?"

"물리쳤을 때와 무기가 다른 것 같아."

"조심할게."

사리는 그렇게 말하며 단검을 들고, 메이플은 촉수로 변한 팔을 원래대로 돌려 방패를 들었다. 그것을 봤는지 오니도 일본도를 겨눈다.

그리고 다음 순간, 초인적인 가속으로 순식간에 눈앞에 도달하더니, 그대로 두 사람을 한꺼번에 두 동강 내려는 듯 일본도를 수평으로 휘둘렀다.

"⋯⋯!"

"큭⋯⋯ 으앗?!"

사리는 몸에 밴 회피 행동으로 잽싸게 몸을 숙여 일본도를 피했다.

메이플은 방패를 왼쪽으로 들어서 우연히 가드에 성공하고 악식이 발동했지만, 일본도는 파괴하지 못했다. 베이는 일은 없었지만, 그대로 인간을 초월한 완력에 의해 몸이 붕 뜨더니 벽을 향해 일직선으로 날아갔다.

한편, 사리는 직감으로 눈앞에 있는 존재가 엄청난 강적임을 이해하고는 몸을 숙인 자세에서 탄력을 이용해 돌진하고, 단검을 휘두른다. 기계신 때처럼 스킬을 이용한 위력 중시의 공격이 아니라 움직임이 고정되지 않는 통상 공격이지만, 오니도 재빠르게 반응해 이를 막았다.

"이걸 이긴 거야……? 굉장한걸. 더군다나 이번에는 같이 싸울 수 있다니."

이보다 기쁜 일은 없다. 눈앞에 있는 존재는 강하고, 곁에는 메이플이 있다. 사리는 여기서 느낄 줄 몰랐던 흥분에 집중력이 고조되는 것을 느꼈다.

챙챙 소리를 내며 양자의 무기가 부딪치는 소리가 울려 퍼진다. 사리의 공격은 전부 막히고 있지만, 그건 상대도 마찬가지다. 그러나 이대로 영원히 계속했다간 인간인 사리가 먼저 집중력이 떨어져 빈틈을 보이게 되리라.

사리가 뭔가 계기가 필요하다고 생각했을 때, 공격에 맞고 날아간 메이플이 있는 곳에서 피어오르는 먼지를 가르고 레이저가 날아왔다.

"사리!"

오니는 그것에 반응해서 일본도를 휘둘러 레이저를 무효화하려고 하지만, 사리는 자신을 부르는 목소리에 담긴 뜻을 이해하고 곧바로 한 발짝 나아가 몸을 틀어서 몸통을 깊숙이 베었다. 안전한 거리에서 벗어나더라도 메이플이 만든 기회를 놓치지 않는다.

대미지를 아랑곳하지 않고 메이플이 있는 곳으로 걸음을 옮기고자 오니가 다리에 힘을 주는 것을 보고, 사리는 곧바로 그 진로로 돌아갔다.

"【초가속】!"

또다시 가속해서 돌진하기 직전, 사리는 정면으로 파고들어 이제는 눈으로 인식하기도 어려운 속도로 움직이는 일본도를 단검 두 자루로 막았다.

"어딜 가게? 상대는 나야."

메이플은 이 속도에 잘 대응하지 못하므로 이번에는 사리가 공격을 맡아야 한다. 【헌신의 자애】는 발동 중이므로 급사는 피할 수 있다. 이제는 관통 공격만 안 당하면 된다.

"메이플, 빈틈을 만들어 주면 무너뜨릴 수 있어!"

"알았어!"

이번에는 메이플도 혼자가 아니다. 믿음직한 파트너가 있으면 할 수 있는 일도 많아진다.

"【공격 개시】!"

메이플의 사격에 반응한 순간에 사리가 파고들어 벤다. 한순간이라도 태세를 수습하는 것이 늦어지면 사리도 반격을 피할 수 없지만, 지금처럼 집중한 상태로는 그런 실수를 저지르지 않는다.

"진짜 강하네. 하지만 둘이서 있으면 질 것 같지가 않아."

혼자서 도전해야 하는 4층과는 다르게 역할을 분담할 수 있다는 점이 컸다. 오니의 움직임이 일반적인 플레이어를 능가한다면, 사리도 그런 것이다. 단 한 번도 안쪽에서 사격하는 메이플이 있는 곳으로 접근을 허락하지 않고, 그 자리에 묶어두고 있다. 이것 또한 인간의 능력이 아니다.

그리하여 단순하면서도 어려운 연속 공격 플레이를 거듭하는 사이 오니의 HP가 줄어들고, 백스텝으로 거리를 벌리자 보랏빛 불꽃이 주변에서 분출했다. 그리고 그것과 동시에 안쪽 통로에서 몸이 보랏빛 불꽃으로 된 대형견이 나타나 오니의 옆에 섰다.

사리도 일단 거리를 벌리면서 메이플의 곁으로 다가가 확인차 물어봤다.

"예전에 싸웠을 때도 이런 게 있었어?"

"없었어. 불을 쓰기는 했는데, 조금 다른 느낌이야. 불은 괜찮았는데, 무기 공격이 관통 공격이었어."

전투가 시작되고 곧바로 메이플이 날아가는 바람에 말을 주고받을 여유가 없어서, 공격이 멈춘 지금에야 겨우 이야기할 수 있다.

"기본적으로는 내가 막을게. 메이플을 불꽃 공격을 【헌신의 자애】로 받아줘. 아마도 범위 공격일 테니까."

"알았어!"

"【검무】도 최대 레벨 상태라서 대미지를 낼 수 있어."

"무슨 일이 생겼을 때의 방어는 맡겨줘!"

알았다며 두 사람이 나란히 고개를 끄덕이고, 다시 오니에게 돌아섰다.

오니도 옆에 불꽃의 개를 거느려서, 지금부터는 메이플이 4층에서 싸웠을 때와 다르게 2 대 2 전투가 시작된다. 머릿수의 유리함이 사라진 지금, 더욱 신중하게 공격할 필요가 있다.

서로가 상대의 대응을 관찰하듯 눈싸움을 벌이는 가운데, 먼저 오니 측에서 불꽃의 개가 달리기 시작했다.

"【공격 개시】!"

똑바로 돌진하는 까닭에 메이플도 도망칠 구석이 없도록 전력으로 총탄을 쏜다. 그러나 몸이 불꽃이라서 그런지 메이플의 공격은 전부 통과해서 대미지를 주지 못했다.

"【물대포】!"

그렇다면 이건 어떠냐고 사리가 바닥에서 대량의 물을 만들지만, 짐승다운 민첩함으로 이를 피하고 크게 포효하자 두 사람의 아래에서 바닥이 빨갛게 빛났다.

"괜찮아! 【불괴의 방패】!"

메이플이 그렇게 말한 직후, 두 사람을 감싸듯이 불기둥이 치솟았다. 메이플도 경험상 불이 방어 관통보다는 다른 종류의 지속 대미지일 경우가 많다고 알아서 혹시나 몰라 대미지 경감 스킬을 발동했는데, 대미지를 받는 일 없이 무사히 지나갈 수 있었다. 악식도 발동 대상이 아닌 듯하니까 두 사람은 딱히 걱정할 일도 아니다.

"다행이야!"

"응. 이거라면 어느 정도 무시할 수 있겠어."

불기둥 속에서 대화하는 메이플과 사리는 이번에는 우리 차례라는 것처럼 한 걸음 내디뎠다. 그것과 동시에 시야를 가득 채우던 불의 벽을 일본도가 뚫고 들어온다. 갑작스러운 공격에 사리는 반사적으로 일본도를 옆에서 밀쳐서 아주 조금 궤도를 틀었지만, 메이플의 어깨가 베이면서 대미지 이펙트가 터졌다.

강력한 대미지 경감 효과를 지닌 【불괴의 방패】가 발동했는데도 메이플의 HP가 60퍼센트 가까이 줄어드는 것을 보고, 사리는 즉각 물러나기로 판단했다.

"【격류】!"

사리는 메이플을 안고 마찬가지로 불의 벽을 뚫으면서 물살을 타듯이 이동해 거리를 벌리려고 했다. 그러나 놓치지 않겠다는 듯 오니가 불꽃의 개를 데리고 빠르게 접근한다.

"메이플, 잠깐 땅속에 들어가자!"

"【대지의 요람】!"

일단 태세를 재정비하기 위해, 메이플은 스킬을 써서 사리와 함께 바닥으로 파고들었다.

"휴…… 【힐】."

"고마워. 으으…… 역시 강해."

"음. 불꽃 공격은 다 피하려고 하면 조금 무리해야 하니까 【헌신의 자애】로 지켜주면 좋겠어."

"응응."

"그 대신에 관통 공격은 내가 전부 앞에서 막을게. 메이플의 방패가 될게."

서로가 대처하기 어려운 공격을 맡고 무효화함으로써 유리하게 움직이는 뜻이다. 사리가 방어에 전념하는 만큼, 공격은 메이플을 더 의지한다.

"총은 검에 막히니까……."

"괜찮아. 빈틈을 노려. 게다가 바로 앞에서 쏘면 가드고 뭐고 없잖아?"

멀리는 쏘는 바람에 일본도가 중간에 끼어든다면 총구를 몸에 바짝 들이대면 되는 셈이다. 사리가 그렇듯, 애초에 물리적으로 피할 수 없는 공격도 존재한다.

"메이플은 걱정하지 말고 공격해. 괜찮아. 그쪽으로 보내지 않을 거니까."

"알았어! 맡길게!"

"맡겨줘!"

메이플과 사리는 모두가 검이자 방패이다. 새로이 방침을 확정하고 효과 시간이 끝나면서 지상으로 돌아간다. 지상으로 돌아오자 기다렸다는 듯이 오니의 일본도가 휘둘렸다.

사리가 그것을 막자 또다시 위에서 옆에서 계속 참격이 날아들지만, 전부 정확하게 튕겨 나갔다.

"이젠 한 대도 맞게 두지 않아."

"반격이네!"

사리가 칼을 맞대고 있는 동안 메이플은 대포로 바꾼 한쪽 팔을 오니의 배에 딱 대고 지근거리에서 사격했다. 확실한 느낌과 함께 요란한 대미지 이펙트가 뜨고, 뼈아픈 일격을 먹이는 데 성공했다. 이에 뛰어서 물러나는 오니를 따라가서 공격하는 일은 없이, 또다시 개가 포효하면서 불기둥이 두 사람을 감싼다.

"또 당하진 않아."

설령 공격하는 순간을 감추더라도 문제없다. 확고한 자신감으로써 사리가 단검을 들자 아까와 똑같이 불길을 가르며 일본도가 뚫고 들어왔다.

사리는 단검 두 자루를 높이 쳐들어 일본도를 밑에서 쳐내고, 그 궤도를 틀었다.

그 직후, 사리의 눈에 비친 것은 그대로 뛰어드는 오니의 모습과 다른 손에 쥔 두 번째 일본도였다.

"그래도……!"

사리는 묵직한 일격을 튕겨내면서 흐트러진 자세를 억지로 바로잡고, 내려치는 일본도를 머리 위로 교차한 단검으로 막는다. 그러나 일본도 하나를 단검 두 자루로 막으면 불리하다.

"【흘러나오는 혼돈】!"

한 사람이 고전할 때는 다른 사람이 타개한다. 메이플이 일부러 원거리 공격을 날려 오니의 방어를 유도했다. 그러자 그 한순간에 사리가 태세를 바로잡고 단숨에 파고들어 오니의 옆구리를 지나치면서 일격을 가해 뒤로 빠져나갔다.

연전 형식인 만큼 오니의 HP는 별로 많지 않은지, 앞으로 몇 차례 큰 일격을 가하면 격파할 수 있어 보였다.

"메이플!"

보스의 옆을 지나치던 사리가 뒤돌아보고, 메이플과 눈짓을 주고받는다.

메이플은 사리가 뭘 요구하는지 정확하게 파악하고, 즉각 행동에 나섰다.

"【커버 무브】!"

메이플이 사리가 있는 곳으로 빠르게 이동한다. 【바꿔치기】와의 차이는 점과 점의 순간이동이 아니라 어디까지나 고속 이동이라는 점이다.

즉, 그 도중에는 조금이나마 행동할 여지가 있다는 뜻이기도 하다.

"얍!"

메이플은 옆구리로 빠져나간 사리를 따라 오니의 바로 옆을 지나가면서 방패를 옆으로 들어 몸통을 때렸다. 당연히【악식】이 발동하고, 엄청난 양의 대미지 이펙트가 터진다. 잡몹이라면 일격, 보스 몬스터라도 치명상을 면하기 어렵지만, 그런데도 오니는 아직 서 있었다. 지금 막 대미지를 주고 방패를 휘둘러 자세가 흐트러진 메이플을 베려고 일본도를 쥔 두 팔에 힘을 주고 번쩍 치켜들었다.

"네가 힘을 쓴다면, 나는 속도로 싸울게."

팔을 번쩍 쳐든 순간. 오니가 다른 행동을 하지 못하는 한순간의 빈틈. 사리는 희롱하듯이 다시 오니의 옆구리를 빠져나가 등 뒤로 돌아갔다.

"【바꿔치기】!"

메이플과 사리의 위치가 순식간에 뒤바뀌고, 메이플의 앞에는 무방비한 오니의 등이, 사리에게는 내려오는 일본도 두 자루가 다가온다.

"한 번 더!"

메이플이 오니의 몸통을 집어삼켜 양단하고, 거의 동시에 사리는 일본도의 묵직한 일격에서 무게를 느끼지 않게 되었다.

"연계는 우리가 한 수 위였나 보네."

주위에 깔린 불꽃이 사라지는 가운데, 사리는 어딘지 기쁜 눈치로 만족스럽게 중얼거렸다.

◆ □ ◆ □ ◆ □ ◆ □ ◆

"다행이야. 이겼어!"

"응. 잘 풀렸네."

"역시 둘이 있으면 달라! 4층에선 더 힘들었거든."

그때는 모든 스킬을 쓰고 【브레이크 코어】의 자폭 공격으로 겨우 물리쳤다.

그런데 이번에는 【불굴의 수호자】는 물론, 【포학】과 【악식】도 아직 남았다. 물론 장소가 다르고 보스도 완전히 똑같지는 않지만, 이것은 딱 봐도 둘이 함께라서 가능한 일이었다.

"그렇게 말해 주면 다행이야. 메이플도, 언제나 그렇지만 【헌신의 자애】 덕분에 살았어."

"에헤헤. 천만에."

"이번보다 강한 적은 거의 없을 텐데……."

"뭐가 나올까?"

다음 상대를 기다리자 얼마 후 정면 통로에서 날개가 여섯 장 달린 커다란 천사가, 다른 통로에서 날개가 두 장 달린 작은 천사들이 각각 활을 들고 나타났다.

"메이플, 이건 알아?"

"옥좌를 준 곳과 비슷한데…… 조금 다른 것 같아."

그런 이야기를 했을 때 먼저 공격하겠다는 듯이 천사들이 화살을 시위에 걸고, 정면에 있는 보스 주위 공간도 빛나더니, 대량의 빛나는 화살이 빗발처럼 쏟아졌다. 시작부터 살기등등한 공격이지만, 사리는 화살을 피하면서 메이플을 봤다.

"오…… 어때, 메이플?"

"전혀 문제없어!"

관통 공격이 아니면 아무리 공격당해도 메이플에게는 관계없다.

"다행이야. 그러면 하나씩 잡으러 갈까."

"응! 근데 병기가 다 부서지니까. 사리, 부탁해!"

"알았어. 【얼음기둥】!"

사리는 천사 하나의 근처에 얼음기둥을 세우고 실을 조작해 옆으로 단숨에 이동하더니, 【얼음기둥】을 박차고 공중에 있는 천사를 공격했다. 몸을 휙 돌려서 회전하듯이 휘두른 단검은 천사에게 명중해 큰 대미지를 주고 일격에 소멸시켰다.

"오, 생각했던 것보다 약한걸."

이대로 가자며 【얼음기둥】을 하나 더 세우고 그쪽으로 뛰어가 마찬가지로 큰 대미지를 주고 천사를 일격에 제거한다.

이곳에 들어서고 쉴 새 없이 전투가 이어지는 바람에 【검무】의 공격력 상승 효과는 항시 최대치를 유지하고 있다. 원래는 최대 효과를 발휘하기 어렵지만, 지속 중인 지금은 상당히 큰 대미지를 기대할 수 있다. 천사들도 첫 번째 전투였다면 버티는 미래가 있었을지도 모른다.

그렇게 사리가 하나씩 해치워 나가는데, 처음에 해치운 천사가 되살아나는 것을 보더니 이래서는 잡아도 의미가 없다며 포기했다. 지금은 조금 강해진 화살을 날리는 것이 전부라서 뭔가 나쁜 짓을 하기 전에 해치울 작정이었는데, 시간낭비였던 것 같다.

"메이플, 작은 천사가 쏘는 화살은 괜찮지?"

"응! 이상한 디버프도 안 걸렸어!"

두 사람은 눈도 꿈쩍하지 않지만, 애초에 일반 플레이어라면 화살비에 고전할 것이다. 천사들도 메이플의 방어력과 【헌신의 자애】 탓에 대단한 공격을 안 하는 것처럼 취급될 뿐이다.

"그러면 일단 방치할까. 보스를 잡으면 문제없을 테니까."

사리는 지면에 착지하고 【헌신의 자애】 범위 밖에 나가지 않게 메이플과 함께 보스인 큰 천사가 있는 곳으로 걸어간다. 두 사람이 다가가자 마치 천벌을 내리는 것처럼 빛의 기둥이 내려와 두 사람을 감싸지만, 딱히 특별한 일이 일어날 기미도 없다.

"이번에는 정말 상성이 좋은가 봐."

"그럼 해치우자!"

각자 성능이 극단적인 메이플과 사리의 전투는 상성이 짙게 드러난다. 어떤 적이라도 두 사람을 상대하고 싶다면 먼저 관통 공격을 상비해야만 한다.

"【퀸터플 슬래시】!"

이 정도면 마음 편하게 스킬을 쓸 수 있겠다며, 사리는 연타를 날렸다. 불과 물의 연타를 맞은 보스의 HP가 눈에 띄게 줄어든다.

그러나 갑자기 주변에 차분한 하프 소리가 들리고, 조금씩 줄어들던 보스의 HP가 회복되기 시작했다.

"으어?!"

"아, 사리! 다른 천사가 악기를 들었어!"

"저거 때문이구나. 어쩔까……."

이대로 무식하게 더 큰 대미지를 주고 해치우는 것도 불가능하지는 않을 테지만, 그것은 정공법이 아니라고 압도적인 회복량이 말해주고 있었다.

"병기가 빛의 화살에 안 부서지면 메이플에게 쏴달라고 할 텐데……."

고개를 들어서 보면 여전히 대량의 화살비가 쏟아지고 있어서, 저 화살이 바닥나는 일이 없다는 사실은 명백했다.

"끙."

"아! 그럼 사리, 이렇게 하면 어떨까?"

"들어볼게."

사리는 메이플의 아이디어를 듣더니 정말로 그렇게 하면 전개할 수 있다며 고개를 끄덕였다. 사리도 찬성함으로써, 메이플은 곧장 준비하기 시작했다.

"시럽, 【각성】, 【거대화】! 【사이코키네시스】!"

메이플은 커진 시럽을 공중에 띄우고 머리 위로 오게 했다. 그렇게 함으로써 시럽이 화살비를 단단히 막고, 메이플의 병기는 파괴되지 않는다. 시럽이 받는 공격은 【헌신의 자애】로 메이플이 대신 맞지만, 그것은 병기를 부수지 않고 메이플의 몸에만 직접 영향을 주므로 이것으로 서로를 지켜줄 수 있다.

"이쪽은 내가 해치울게. 사리도 힘내!"

"알았어. 맡겨줘."

"좋아, 【공격 개시】!"

"【섹스튜플 슬래시】!"

메이플이 관통 공격에 약하듯, 회복에 따른 지구전 역시 그 회복 수단을 빼앗기는 것에 취약하다. 공격이 무효화되고 버틸 수단을 잃으면 보스의 강점은 없다시피 하다.

원래라면 HP를 회복하면서 화살비로 범위 공격을 날려 여러 사람을 한꺼번에 고통스럽게 하는 성가신 보스지만, 메이플과는 상성이 나빴다.

"【쿼드러플 슬래시】, 【트리플 슬래시】!"

사리도 최대한 화력을 내기 위해서 서슴지 않고 스킬 공격을 연타했다.

메이플 혼자라면 회복 천사 격파와 보스에 대한 화력을 양립하기 어렵겠지만, 우수한 딜러가 있으면 문제없다. 탱커답게 공격은 딜러에게 맡기면 된다. 애초에 탱커가 원거리 공격수를 겸해서 천사를 전부 떨어뜨리는 것도 이상하다.

천사들의 공격 수단이 전부 부정당하면, 남는 것은 일방적인 유린뿐이다.

그리하여 쨍 소리와 함께 빛으로 변하는 모습을 보고, 사리는 혼자 중얼거렸다.

"역시 메이플을 이기려면 관통이 있어야 하겠네."

"후후후. 이번에는 노대미지로 완전 승리했어!"

우수한 방어 관통 스킬이 없으면 도전할 권리조차 없으리라. 그러한 의미에서 천사들에게는 처음부터 승산이 없었다.


천사를 격파한 메이플과 사리는 새로운 변화가 없을지 기다렸다.

연달아 싸웠다고는 하나, 지금까지 순조롭게 진행한 두 사람에게는 아직 수단이 많이 남아있다. 큰 보스를 격파할 때 사용한 스킬은 주로 사리의 연타 스킬이므로, 메이플의 횟수 제한 스킬은 온존하고 있다.

"이 정도면 아직 더 싸울 수 있겠어!"

"응. 경향을 봐서 다음은 6……."

그렇게 말한 사리의 얼굴빛이 확 나빠진다. 지금까지 본 법칙에 따라 다음이 몇 층의 적일지는 사리도 예상할 수 있기 때문이다.

그 예상이 옳다는 사실을 증명하듯이, 통로에서는 너덜너덜한 왕관을 쓰고 원래는 호화로웠을 옷을 입은 해골 보스와 그것이 이끄는 듯한 대량의 언데드가 나타났다.

"저, 저저저저저기."

"일단 퇴각! 옥좌를 방치했으니까!"

조금 전까지 있었던 믿음직함은 어디를 갔는지 벌벌 떠는 사리의 손을 잡고 전이 마법진이 있는 통로로 피난한다.

"히익, 【얼음기둥】!"

사리는 얼음기둥을 줄줄이 설치해 통로를 일시적으로 봉쇄하더니, 옥좌에 앉은 메이플에게 달라붙어 늘어졌다.

"통로에선 시럽도 좁아서 【거대화】할 수 없고…… 【포식자】는 못 쓰고, 죽었으니까 독에는 강할 것 같은데……."

메이플은 이럴 때는 역시 통로 안쪽에 진을 친 이점을 살려서 【기계신】의 병기로 공격할 수밖에 없다는 결론을 내렸다.

【얼음기둥】이 만든 벽에 가로막혔으니까, 시간이 지나 벽이 사라지면 모든 언데드가 우르르 밀려들 것이다.

"시럽, 【빨간 화원】, 【가라앉는 대지】!"

메이플의 사격으로는 즉사하지 않으리라. 그렇다면 자신에게 다가오는 시간을 조금이라도 늘릴 수밖에 없다. 메이플은 시럽의 스킬로 상대에게 주는 대미지를 늘린 다음, 지면을 변화시켜서 쉽게 다가오지 못하도록 만들었다.

"사리는 적당히 마법 스킬을 날려! 이번에는 똑바로만 쏘면 되니까 맞을 거야!"

"응……."

사리는 머플러를 구깃구깃하게 말고 메이플에게 기대듯이 앉더니 눈을 감은 채로 광장 쪽으로 돌아섰다.

잠시 후 【얼음기둥】이 소멸하고 신음 소리와 함께 언데드가 밀려든다. 보스는 가장 먼 곳에서 언데드들에게 버프를 거는 듯한데, 아무튼 이 망자들의 벽을 돌파해야만 한다.

"【공격 개시】!"

메이플의 병기가 불을 뿜고 언데드들을 앞에서부터 날려 버린다. 그래도 한 방에 해치우지는 못해서, 그야말로 시체를 밟고 【가라앉는 대지】에 발이 빠지면서도 다가온다.

"【사이클론 커터】, 【파이어 볼】!"

사리도 적당히 마법을 날리지만, 그래 봤자 최소 수준으로만 습득한 그것은 없는 것보다 나은 수준이리라.

"음. 가까워졌어."

"그, 그래?!"

"시럽, 【대자연】!"

시럽의 스킬로 거대한 넝쿨을 만들고, 그 질량으로 언데드를 날려 버린다. 숫자가 많아서 그런지 이번 언데드들은 마법으로만 대미지가 들어가는 식의 성가신 성질이 없고, 착실하게 격파할 수 있다.

"【격류】! 무무, 【물대포】!"

사리도 대량의 물을 만들어서 시럽의 넝쿨과 합쳐 언데드들을 쓸어낸다. 이대로 접근을 허락하고 물리기라도 했다간 대미지가 없어도 재기불능 상태가 될 것이다.

"우웅. 역시 대미지가 조금 부족해."

그렇다면 어떻게 할지 생각하던 메이플은 사리에게도 아직 싸울 방법이 있다는 사실을 떠올렸다.

"아, 맞다! 이거라면 사리도 대미지를 뽑을 수 있을 거야!"

"어?! 뭐, 뭐뭐뭔데?!"

도저히 일어설 수 없어 보이는 사리에게, 메이플은 작전을 전달했다. 평소에는 반대지만, 이런 상황에서는 사리의 사고 능력이 떨어지므로 뭔가 떠올릴 여유가 없다.

"아, 알았어. 오보로, 【그림자 분신】!"

스킬을 발동하자 사리의 분신이 나타난다. 사리의 의지로 조작할 수 없으니까 【헌신의 자애】의 약점을 이용당하지 않게 항상 내놓을 수는 없지만, 이번에는 사리의 의지가 반영되지 않는다는 점이 중요했다.

사리의 모습만 모방한 네 개의 분신은 가뿐하게 움직여서 언데드들에게 달려가 공격을 시작했다.

"오오, 사리가 귀신하고 싸우고 있어……."

본인이 어떤 상태든 일정 성능으로 공격해 나가는 분신은 평소라면 낮은 내구력이 돌파당하거나 너무 멀리 나가는 바람에 지킬 수 없게 되지만, 지금은 넘쳐나는 언데드들 때문에 【헌신의 자애】 범위 안에서 강제로 발이 묶인 상태이므로, 메이플이 있는 한 무적의 병사다.

"힘내!"

분신 사리는 착실하게 언데드를 해치워 나간다. 공격만 되면 어설픈 언데드는 무서워할 일이 없다.

"나오는 게 정해져 있다면 전부 해치울 것 같은데…… 어떻게 될까?"

메이플은 일단 총탄을 절약하고 사리의 분신에게 격파를 맡긴다. 사리 본인은 【얼음기둥】과 【물대포】와 【격류】를 쓸 수 있을 때마다 쓰게 해서 끊임없이 언데드의 발을 묶게 한다.

실제로 사리의 【물 조종술】 덕분에 다가오는 적을 밀어내는 능력이 많이 강화되었다. 잘 쓰면 자신을 가속하는 데도 활용할 수 있는 이 스킬은 눈을 감고 써도 어느 정도는 유효할 정도로 효과 범위가 넓다.

"어, 어때, 메이플?"

"좋은 느낌이야! 이대로 가자!"

메이플이 응원하는 가운데 분신들이 시간을 들여 몇 배에 달하는 언데드를 격파하고, 마침내 메이플의 시야가 트였다.

분신은 그대로 보스를 향해 달려가 【헌신의 자애】 범위에서 벗어나고, 보스에게 접근했을 때 날아든 검은 불꽃에 타서 한순간에 소멸했다.

"아! 근처에 있으면 지킬 수 있는데…… 그래도 고마워! 사리, 엄청 활약했어."

"기분이 복잡해……. 이제 보스만 남았어?"

"응! 지금 봐서는 추가로 몬스터가 나올 낌새는 없나 봐."

보스는 【천왕의 옥좌】가 광장 전체를 커버해서 그런지 딱히 이렇다 할 기술을 쓰지 않고 두 사람을 사정권에 두기 위해서 천천히 다가오고 있었다.

"보스도 다가오고 있으니까, 이쪽까지 와주면 싸울 수 있는데……."

메이플도 옥좌에서 일어날 수는 없다. 일어서는 사이 보스가 사용하는 스킬에 언데드 대량 소환 같은 것이 있으면 전부 수포가 되기 때문이다.

그렇다면 일단 사격을 멈추고, 다가오는 보스를 가만히 기다리는 것이 최선책이다.

거리가 매우 가까워졌을 때 분신에 반응해서 공격했으니까, 적어도 통로에는 들어올 것이라고 짐작한 것이다.

메이플의 예상대로 보스는 뼈에서 떨꺽떨꺽 소리를 내면서 몇 걸음이면 닿을 거리까지 다가왔다. 이쯤 되면【가라앉는 대지】로 이동을 방해할 수 있다.

"있어? 있어?"

"응. 바로 앞까지 왔어."

"빠, 빨리 해치우자후다닥해치우자!【얼음기둥】!"

사리는【얼음기둥】을 보스의 등 뒤에 만들어 퇴로를 차단했다. 이때 비로소 메이플은 병기를 전개했다.

"이러면 방해받지 않고 맞힐 수 있어!"

"오기 전에 해치워……."

"물론!【공격 개시】!"

메이플의 총탄이 차례차례 보스의 몸을 꿰뚫고, 사리가 엉터리로 쏜 마법이 어딘가 엉뚱한 곳으로 날아가는 가운데, 보스는 HP를 모두 잃고 이번에야말로 그 죽은 몸이 사라졌다.

『스킬【마(魔)의 정점】을 취득했습니다.』

　보스가 소멸하자마자 그런 안내문이 뜨고, 한동안 기다려도 다음 몬스터가 나오지 않았다.
　"끝난 걸까?"
　"끄, 끝이야?! 명예를 회복할 기회가……."
　연계가 어쩌고 하면서 같이 가자고 했으면서 마지막이 이래서는 너무 폼이 나지 않는다.
　사리는 머리에 둘둘 감은 머플러를 풀면서 말이 잘 나오지 않는 기색으로 보스가 있었던 장소와 메이플의 얼굴을 번갈아 봤다.
　"사리도 활약했는걸? 마지막에도 도움을 많이 받았고."
　"더 깔끔한 모습을 보여주고 싶었는데……."
　"그래도 서로 돕는 플레이 느낌이 났어!"
　두 사람은 이번에 연계를 시험하러 온 것이다. 그런 의미에서 이번 싸움은 전부 메이플이 취약한 부분을 사리가, 그 반대를 메이플이 맡아서 잘 공략했다고 할 수 있으리라.
　"뭐, 그건 그런가……. 어때? 나는 파트너 합격이야?"

그렇게 말하는 사리에게, 메이플은 활짝 웃으며 엄지를 척 세웠다.

"물론! 오니 때는 너무 굉장해서 내가 합격인지 물어보고 싶을 정도야!"

"후후. 만약 메이플이 불합격이면 파트너가 될 사람이 없겠는걸?"

"어어? 그럴까?"

"응. 그런 거야. 메이플은 그만큼 강해!"

"에헤헤. 앗! 그러고 보니 스킬도 들어왔지."

"이번에는 둘이서 같이 입수했네. 어디 보자……."

---

**【마의 정점】**

소환한 몬스터의 스테이터스를 1.5배로 한다.

---

설명에는 짧고 단순하면서 강력한 내용이 적혀 있었다.

"7층답네……. 패시브 스킬이고 단점도 없어 보이니까 정말로 이득이야."

"야호! 시럽이 더 강해지는구나!"

"애초에 설명을 보면 테이밍 몬스터 한정도 아닌 것 같아. 자기가 소환하는 거라면 【포식자】도 되지 않을까? 그것도 공격력이 있으니까."

"그렇구나! 다들 강해지겠네."

"나도 못 쓰진 않겠지만, 오보로의 【그림자 분신】은 안 될 것 같아."

"사리가 소환하는 게 아니니까."

"그런 거야. 하지만 뭐, 어떻게든 될 것 같으니까 생각해 볼까……. 휴, 마지막엔 엄청 피곤했으니까 오늘은 그만 돌아갈까."

"응!"

그리하여 두 사람은, 강력한 스킬을 입수해서 만족하고 던전을 뒤로했다.

## 4장 방어 특화와 맹훈련.


메이플과 둘이서 던전 공략을 마치고, 사리는 길드 홈의 소파에 푹 기대고 앉아 딱딱한 얼굴로 뭔가 생각하고 있었다.

"무슨 일 있어? 그렇게 생각하는 모습은 조금 신기한걸."

"카나데? 아, 뭐. 조금 말이지……."

"또 다음 대인전을 생각하는 거야? 그 왜, 새로운 스킬도 입수한 것 같으니까."

메이플과 사리도 그렇지만, 마이와 유이도 새로운 힘을 손에 넣었다. 마이와 유이는 오늘도 기운차게 필드에서 여덟 개의 대형망치를 휘두르고, 차원이 달라진 전투 스타일에 익숙해지면서 토벌 카운트를 올리고 있다.

"참고로 카나데는 어때?"

"나는 마도서를 저장하는 거니까 다른 길드를 관찰하는 느낌이랄까. 사리에게 들은 대로 【thunder storm】 쪽 두 사람의 테이밍 몬스터는 알아내지 못했어."

카나데의 전투력은 일회성 마도서를 사용함에 따라 변화한다. 그 밖의 스킬은 이렇다 할 특수성이 없어서 레벨을 올리기 위해 전투를 반복하는 데는 알맞지 않다. 그런 점도 있어서 카나데는 자발적으로 다른 플레이어 관찰에 시간을 투자하려고 했다.

"그렇구나. 알아내면 대책을 세울 수 있는데 말이지."

"그렇지만 재밌는 사람들이야. 그토록 요란하면 어디 있는지 알기 쉬워."

벨벳과 히나타가 있으면 그 주변에 벼락이 대량으로 떨어지고, 냉기가 차고, 어떨 때는 물체가 떠오르기도 하니까 메이플에게 뒤지지 않을 정도로 눈에 띄는 존재다.

"다음에는 【래피드 파이어】를 보러 갈까."

"응. 뭔가 알아내면 좋겠어."

"뭐, 적당히 기대하면서 기다려 봐."

다만 이렇게 대화하는 동안에도 뭔가 고민거리가 있는 것처럼 보이는 사리에게, 카나데는 대체 무슨 일인가 싶어서 잠시 생각한다.

"음, 뭐하면 메이플하고 상담해 보는 게 어때? 그럼 다음에 또 봐."

카나데는 그렇게 말하고 손을 흔들며 길드 홈에서 나갔다.

"메이플에게 상담을……."

그리하여 한동안 생각한 사리는 무언가 결심한 듯이 벌떡 일어섰다.

◆ □ ◆ □ ◆ □ ◆ □ ◆

　다음 날, 현실 세계의 방과 후. 리사는 귀가할 준비를 하다가 눈을 감고 크게 숨을 내쉬었다. 그런 리사에게 카에데가 타박타박 다가온다.

　"리사, 가자!"

　"오늘은 잠깐 게임 가게에 들를까 해."

　"헤에! 또 뭔가 새로운 게임이 나왔어?"

　"아니, 그런 건 아니지만…….."

　애매모호하게 말하는 리사를 보고, 카에데는 고개를 갸우뚱했다.

　"괜찮으면…… 같이 안 갈래?"

　"……? 물론 괜찮아!"

　게임을 추천하는 평소의 리사와는 분위기가 다른 것을 보고 뭔가 이상한 느낌이 들면서도, 카나데는 리사의 옆을 따라 걸어서 목적지로 향했다.

　"몇 번 와서 나도 길을 외웠어!"

　"헤에. 그러면 가끔 찾아가서 여러모로 구경하는 것도 즐겁겠는걸."

　"아하하. 뭐가 좋은지 잘 모르니까 구경만 하다가 끝날 것 같아."

　"뭐, 그것도 즐기는 방법인걸?"

패키지는 이른바 게임의 간판이며, 그것을 보고 조금 있는 설명만 읽어도 재미있을지 어떨지를 느끼게 해 준다. 적당히 구경하다가 좋아 보이는 것을 집어 보기만 해도 즐거운 법이다.

그런 점도 있어서 평소라면 가게가 가까워질수록 리사의 발걸음이 빨라지는데, 오늘은 왠지 모르게 발걸음이 무겁다.

"리사, 괜찮아?"

"어? 응……. 괜찮아."

그렇게 안 보인다고 생각하고 그만 집에 가는 게 어떻겠냐고 물어봐도 괜찮다고 우기는 리사를 걱정하면서, 카에데는 리사와 함께 게임 가게에 들어섰다.

"오늘은 뭘 보러 왔어?"

"응, 그게 있지……."

리사는 천천히 걸어가 어떤 선반 앞에서 멈췄다.

"어?!"

카에데는 리사가 눈길을 준 게임을 보고 놀랐다. 그 선반에 전시된 것은 패키지와 제목만 봐도 짐작할 수 있는, 간단히 말해 호러 게임이었다.

"지, 진짜?"

"응. 스, 슬슬 극복해 보려고."

최근 있었던 전투에서도 전력이 되지 못했다거나, 6층 탐색이 전혀 안 되었다거나, 다른 층에서도 그런 몬스터가 나오는 곳에는 얼씬도 하지 않는 등의 폐해가 있어서, 마침내 극복하려고 결심한 셈이다.

"그만두는 게 좋아. 밤에 못 잘걸?"

"윽……."

일반적인 게임의 호러 지역과 호러 게임은 차원이 다르다. 전자에서 엉망이 되는 사람이 할 수 있을지 의문이 생긴다. 카에데도 리사의 이런 결의를 지금껏 오래 알고 지내면서 여러 번 봤지만, 결과는 연전연패였다.

"꼭 그러겠다면 말리진 않겠지만……. 우응, 그래도……."

7층 공략이 고작 며칠 전이어서, 메이플도 결과를 어렴풋이 예상할 수 있었다. 리사는 한동안 고민하더니, 이래저래 생각한 다음에 결단했다.

"하, 할래! 이번에는 하기로 결심했어!"

"뭘 할지 정했어?"

카에데가 물어보자 리사는 게임 하나는 집었다.

"브, VR? 저, 정말 괜찮아?"

화면에서 이런저런 일이 생기는 것과 자기가 안에 들어가 공포 체험을 하는 것은 차원이 다르다. 리사는 이번에 반드시 하겠다는 일종의 흥분 상태이니까 어떻게든 될 것 같기도 하지만, 카에데가 봤을 때는 항상 똑같았다. 그래도 한다고 말한 이상, 이 흥분 상태를 끝내기 위해서라도 뭔가 결과를 내놓아야 했다.

"이건 일단 2인 플레이도 되니까……."

"어? 앗?! 물귀신 작전이구나."

"무, 물론 혼자서 깰 생각이거든? 하지만…… 왜, 있잖아?"

"아이참, 됐어. 마지막까지 할 수 있을까?"

"〈New World Online〉의 이벤트 틈틈이 말이지."

"잘 진행했으면 좋겠는데. 엄청 무섭다고 적혀 있어."

카에데는 호러를 딱히 질색하는 것은 아니라서 리사의 손에서 패키지를 가로채 뒷면에 있는 설명 등을 읽어 봤다.

"그러면 계산하고 올게…… 후…… 좋아."

리사는 그 말을 남기고 잠시 자신을 진정시킨 다음 계산대로 갔다.


"그럼 힘내!"

"으, 응."

일단 혼자서 깨겠다고 단언한 이상 처음부터 도와달라고 말할 수 없는 리사는 게임 패키지가 있는 봉지를 들고서 할 수 있다며 용기를 북돋았다.

"깨면 알려줘!"

"응. 아무튼 시작해 볼게."

깨지는 못하더라도, 스토리를 조금 진행할 수는 있다. 2인 플레이도 가능하지만, 기본적으로는 1인 플레이가 메인이다.

카에데는 내일이면 학교에서 또 보니까, 그때 얼마나 진행했는지 말하면 되리라.

귀갓길을 걷고, 두 사람은 평소와 똑같은 곳에서 헤어져 각각 집으로 향했다. 그렇게 조금 걸었을 때, 리사는 손에 든 봉지를 빤히 보고 불안한 표정을 지었다.

"난 할 수 있어, 난 할 수 있어……. 슬슬 극복하자고 결심했는걸……."

리사는 집에 가면 시작할 작정으로 걷고 있지만, 평소처럼 곧장 게임을 시작하려고 길을 서두르는 일은 없이, 오히려 발걸음은 무겁기만 했다.


"다녀왔어요."

리사는 자기 방에 가서 짐을 내려놓고 옷을 갈아입은 다음, 문제의 호러 게임을 꺼내 책상 위에 두었다.

"일단…… 밥을 먹고 나서 하자."

다 깨려면 나름대로 시간이 오래 걸리는 게임이므로, 리사는 일단 게임에 손대지 않고 오늘 학교에서 내준 숙제에 먼저 손 댔다.

"알고 보면 별로 어렵지도 않네."

집중하면 문제없이 풀 수 있다며, 리사는 숙제를 척척 해결해 나간다. 왜 이렇게 집중력을 발휘하는지는 어렴풋이 눈치챘지만, 모르는 척하면서 시간을 보낸다.

그리하여 이것저것 하는 동안에 밖은 완전히 어두워지고, 1층에서 저녁 준비가 다 되었다는 말을 들었다. 마침 숙제도 다

끝낸 리사는 방에서 나가 1층으로 내려갔다.

저녁 식사를 마치고 목욕도 끝낸 리사는 다시 방으로 돌아왔다. 평소라면 지금부터 뭔가 게임을 시작할 텐데, 게임 준비를 시작하려고 했을 때 강렬한 존재감을 드러내는 물건이 놓여 있었다.

"아니…… 할 거야……. 할 거지만……."

말은 그렇게 해도, 집었다가 도로 놓기를 반복해 시간이 흘러간다.

"뭐, 아무리 그래도 밤에 하는 건 좀…… 내일 집에 와서 바로 시작하자. 응."

리사는 그렇게 결론을 내려서 오늘은 그만두고, 다른 게임을 시작했다.

다음 날, 평소처럼 아침에 일어나 등교한 리사는 도중에 카에데를 보고 뛰어갔다.

"카에데, 안녕."

"안녕, 리사!"

이야기하면서 학교로 가는 길을 걸을 때 카에데가 화제를 꺼냈다.

"그 게임은 해 봤어?"

"으, 아니, 아직……."

숙제하느라 바빴다, 타이밍이 없었다 등등 변명을 늘어놓은 다음, 리사는 시선을 슥 돌렸다.

"역시 같이 안 할래……?"

"아이참. 그럴 줄 알았어. 괜찮아. 언제 할래?"

뒤로 미뤄서는 영원히 게임을 할 수 없다고 생각한 리사는 오늘 당장 하기로 했다.

"알았어. 그럼 오늘 방과 후에 갈게! 아무것도 안 챙겨가도 돼?"

"응. 2인 플레이할 기기는 나한테 있으니까."

"그럼 기대할게……? 기대할게!"

이번만큼은 리사의 목적이 즐기는 것과 다르므로, 카에데는 둘이서 논다고 해도 이렇게 표현해도 될지 이상한 기분을 느끼면서 대답했다.

"근데 호러 게임은 나도 처음인걸. 리사의 집엔 없었으니까……."

"아하하…… 내가 하자고 말한 적도 없으니까."

카에데는 보통 자발적으로 게임을 사거나 하지 않으므로, 리사가 추천하는 게임이 아니면 손대는 일도 없다. 그렇다면 호러 게임을 한 적이 없는 것도 당연하다.

"역시 무서울까?"

"글쎄? 그것만큼은 나도 모르겠는걸."

리사도 경험이 없어서 예전처럼 이건 이거라고 정석을 말할 수도 없다.

"그럼 해보면서 즐겨야 한다는 거구나."

"즐기면…… 좋겠네."

"아…… 그랬지."

그리하여 오늘 방과 후를 약속한 두 사람은 학교까지 반쯤 남은 길을 걸어갔다.

그리하여 방과 후, 카에데는 약속대로 리사의 집을 찾았다.

"다녀왔어요."

"안녕하세요."

집에 들어서고 곧장 리사의 방으로 간다. 결국 리사는 여러모로 생각해서 각오한 듯, 의욕이 넘치는 기색으로 계단을 올라간다.

"준비할 테니까 잠깐만 기다려."

"네~."

리사의 뒤에서 한동안 기다리자 준비가 끝난 듯 두 개의 VR 기기가 놓였다.

카에데는 그중 하나를 들고 리사에게 어떤 게임인지를 다시 확인했다.

"저기, 괴물한테 쫓기는 게임이지?"

"응. 이차원에 들어가서 이것저것 해결하고 탈출하는 게 목적이래."

"흠흠. 왠지 던전 공략 같네."

"그럴까? 뭐…… 하지만 그렇게 생각하면 마음이 편할지도."

게임 패키지 뒷면에는 몇 가지 장면을 고른 사진이 작게 실려 있고, 병원처럼 보이는 장소가 눈에 들어왔다.

"평소 잘 가지 않는 곳이 무대면 더 좋을까 해서……."

혹시 그 장소가 무서워지더라도 자주 안 가는 곳이라면 문제가 없다는 뜻이다. 극복하려는 것치고는 소극적인 이유지만, 이것도 다 지금껏 경험한 패배에서 학습한 것이다.

"그럼 슬슬 시작할까? 예전처럼 처음 쉬는 데까지!"

"응…… 할까."

여태까지 둘이서 처음 하는 게임을 플레이할 때처럼, 제1장을 깨는 것을 목표로 두 사람은 가상 공간에 진입했다.


얼마 후 눈을 떠 보자 정면에 너덜너덜해진 책상과 의자, 비슷한 상태인 칠판이 보였다. 창밖은 검게 칠한 것처럼 깜깜하고, 실내는 원인을 모를 빛으로 어스름한 상태를 유지하고 있다. 카에데가 상황을 확인한 바로는 아무래도 여기는 학교 교실이고 자신은 의자에 앉아 있는 듯했다.

"병원 아니었어?"

"……? ……??"

카에데가 옆자리에 앉아 있는 리사에게 말을 걸지만, 리사는 잘 모르겠다며 고개를 갸웃할 뿐이다.

"아무튼 탐색해 보자!"

"으, 응. 그러자……."

게임 공간답게 뭔가 아이템이 있을 때는 강조 표시되어서, 어두워도 놓치는 것을 방치할 수 있다. 카에데는 곧장 눈앞에 있는 책상에 놓인 종이가 아이템으로 강조 표시된 것을 보고 손에 집었다.

"어디 보자……, 흠흠. 잘 모르는 사이에 여기 있었고, 탈출 방법은 모른다. 찜찜하지만 여기저기 찾아볼 수밖에 없다……. 우리 말고도 누가 더 있는 걸까?"

"그럴지도……."

리사는 예상과 다르게 학교가 무대여서 이미 온몸에서 도망치고 싶은 분위기를 내고 있다.

"그럼 우리도 이것저것 찾아볼 수밖에 없겠네!"

"응. 아무것도 나오지 않기를……."

아무리 제1장이라고 해도, 아니 호러 게임의 제1장이니까 아무것도 나오지 않는 일은 없겠지만, 리사는 카에데와 손을 잡고 기도하면서 교실을 나서려고 했다.

좌우지간 주위를 확인해야 한다며 교실 문을 조금 열고 고개를 내밀어 양옆을 확인한다. 좌우 모두 어둑어둑한 복도만 이어져서 소리도 없고 딱히 뭔가 움직이는 낌새도 없지만, 너무 어둡고 먼 곳은 뚜렷하게 보이지 않아서 확신할 수 없다.

"아무튼 안전할 것 같은걸?"

"아무것도 없어……?"

"아마도…… 확인할 방법이 없으니까."

평소 같으면 【기계신】의 무장을 전개하거나 【히드라】로 무차별 공격해 적이 있는지 확인하면서 날려 버릴 수 있지만, 여기에는 그렇게 무시무시한 공격 수단이 없다.

"어디부터 가 볼까?"

"위험해 보이지 않는 쪽으로……."

"음. 그럼 오른쪽!"

언제까지고 교실에 틀어박혀도 소용없으므로, 카에데가 정한 대로 오른쪽으로 나아간다. 학교라서 교실이 쭉 나오지만, 카에데가 문에 손을 대도 뭔가에 걸린 것처럼 움직이지 않는 곳이 많다.

"나중에 열리게 될까? 어라?"

교실 문에 달린 작은 유리 부분으로 안을 들여다본 카에데는 교실 책상에 한 여자애가 앉아 있는 것을 알아챘다.

"저기, 리사! 누가 있어!"

리사도 그것을 확인하고자 조심조심 한쪽 눈을 뜨고 카에데와 함께 작은 유리창을 들여다봤다.

그 직후, 몸을 숙이고 있던 여자애는 고개를 슥 들어서 카에데와 리사를 봤다. 다음 순간, 모습이 사라지는가 싶더니 효과음과 비명이 동시에 들리고 두 사람이 들여다보던 작은 창문을 때리는 손이 보였다.

"앗?!"

"히윽……."

생기가 없는 하얀 얼굴과 대조적으로 새까만 눈이 아까처럼 두 사람을 응시하는 것을 보고, 카에데는 지금은 멀어져야 한다며 주저앉은 리사의 손을 잡아당겨 일으켜 세웠다.

"도, 도망치는 게 좋을 것 같아!"

"……."

반쯤 넋이 나간 리사의 손을 잡아당겨서 왔던 길을 돌아간다. 뛰면서 뒤를 보자 귀신 같은 것은 더 쫓아오지 않았다.

"휴…… 세이프. 깜짝 놀랐어."

놀라기는 했지만, 아무튼 도망칠 수 있어서 카에데는 일단 안심이라며 가슴을 쓸어내렸다.

"여기선 걸음도 빠르니까 잘 도망칠 수 있겠어!"

그렇게 긍정적으로 다음에 마주쳤을 때를 생각하는 카에데와는 대조적으로, 리사는 당장에라도 울음을 터뜨릴 것 같은 표정이다.

"저기, 어쩔까?"

"아, 아직…… 할 수 있어!"

리사는 이제 이판사판이라는 듯 소리쳐서 억지로 기운을 내더니, 힘이 빠지려고 하는 다리를 쭉 펴고 침착해지기 위해 심호흡했다.

"그, 극복하기로 마음먹었으니까!"

어떻게든 회복한 것은 옆에 카에데가 있기 때문이리라. 애초에 혼자선 회복은 고사하고 게임을 켜지도 못했을 테니까.

"알았어! 그럼 왼쪽으로 가 보자!"

"으, 응……. 후…… 이제 됐어."

손잡은 카에데에게 이끌려 각 교실에 뭔가 없는지 확인해 본다. 아까 본 메모처럼 튜토리얼 같은 수기를 몇 개 발견하고, 이곳에서 탈출을 꾀해야 한다는 것과 일부 아이템 사용 방법이 표시되는 가운데, 카에데와 리사는 유용한 물건을 발견했다.

"아! 리사, 저거 봐. 손전등이야!"

카에데가 켰다 껐다 하자 리사도 켜지는지를 확인해 봤다.

"이제 탐색하기 편하겠네."

"응. 밝은 게 더 나으니까……."

그리하여 손전등을 켜서 실내를 비추자 복도 쪽에서 뭔가 다가오는 느낌이 들어서, 두 사람은 후다닥 불을 껐다. 상태이상을 나타내는 것처럼 심전도와 비슷한 마크가 시야 오른쪽 위에 뜨고, 뭔가 다가오는 것에 반응해서 센서처럼 파형이 커지기 시작한다.

““………….””

두 사람이 교탁 뒤에 숨어서 조용히 있자, 심전도의 파형이 서서히 작아지더니 마침내 표시가 사라졌다.

“휴, 들키지 않았나 봐! 불을 켤 때는 조심해야겠네.”

수기에 따르면 아까 두 사람이 마주친 귀신이 학교 안을 배회하는 듯, 그것을 잘 피하면서 탈출의 단서를 찾을 필요가 있다고 한다. 한없이 현실에 가까운 게임인 만큼 잘 회피할 수 있게끔 시스템을 갖췄다.

불을 켜면 들키기 쉽다. 그러나 불을 안 켜면 발견할 수 없는 아이템도 있다.

“우선 이 층을 돌아보자!”

“응…….”

“아하하, 뭔가 평소랑 반대야.”

평소 같으면 게임에 익숙한 리사가 행동 방침을 정하는데, 호러 게임에서는 그럴 수도 없다. 그래도 여태껏 리사를 본 카에데도 그런 능력을 다소 갖추고 있다.

“그러네……. 솔직히 여유가 없어서…….”

“흐흥. 가끔은 나한테 맡겨봐!”

“응, 부탁할게.”

바깥에 귀신이 없는 것을 심전도 표시로 확인하고, 두 사람은 조용히 교실을 나섰다. 그대로 각 교실을 돌면서 탈출 경로를 찾지만, 학교만 해도 3층 건물이라서 꽤 넓다. 확보한 아이템과 지도 등은 언제든지 〈New World Online〉의 인벤토리처럼 꺼낼 수 있어서 탐색에 방해가 안 되는 것이 그나마 다행이다.

"리사, 이쪽이야!"

한동안 탐색했을 무렵, 카에데는 센서가 반응한 것을 눈치채고 허둥지둥 손전등을 끈 다음, 리사와 둘이서 숨었다.

"들켰을까……?"

"들키지 말길…… 들키지 말길……!"

이제는 어쩔 방법이 없다며 눈을 감고 가만히 있는 리사의 옆에서, 카에데는 최대한 상황을 살피고 있다. 얼마 후 두 사람이 숨은 곳 앞을 귀신이 지나쳐 멀어지는 것을 보고, 카에데는 슬쩍 한숨을 쉬었다.

"휴, 긴장했어! 호러 게임은 이런 느낌이구나!"

"……으으."

리사는 익숙하지 않은 긴장과 안도를 거듭하는 바람에 기진맥진한 상태다.

"다음 교실에 가면 일단 끝낼래? 제법 오래 했고, 학교 탐색 자체도 오래 걸릴 것 같으니까……."

카에데와 리사가 얼추 돌아본 것은 2층뿐으로, 1층과 3층은 손도 대지 않았다. 제1장 클리어를 목표로 삼았지만, 이미 영혼이 빠져나가려고 하는 리사에게 무리를 시킬 수는 없다.

"응, 그러자. 꼭 그러자."

"그럼 그렇게 결정! 2층에서 아직 안 간 곳은 미술실이야!"

두 사람은 귀신과 마주치지 않도록 빈틈을 노려서 이동해 무사히 미술실 안에 들어가고, 손전등으로 비추면서 뭔가 없는지 확인한다.

"굉장해, 캔버스가 엄청 많아."

"뭐가 있어……?"

"조각상이랑 캔버스랑 그림물감이…… 음, 앗!"

"뭐, 뭐야?!"

뭔가 있을 때마다 눈을 감는 리사의 손을 잡아당겨 아이템 표시가 있는 곳으로 걸어가자 태그가 달린 열쇠가 있었다.

"아, 알기 쉬운 단서 같아! 어디 보자…… 과학실?"

카에데가 열쇠에 손을 대자 멋대로 수납되고, 아이템으로 보관된다. 아무튼 찾아낸 열쇠가 이것밖에 없으니까 다음 목적지는 과학실로 잡아야 하리라.

"과학실은 2층에 없었으니까, 마침 잘됐어. 이쯤에서 *끄자.*"

"그러면 저장하고 끝내자."

세이브 포인트는 지도상에 여러 군데 설치되어 있다. 미술실에 오기 전에도 게임을 저장해서, 다시 지금까지 한 탐색을 기록하고 오늘은 이만 끝내려는 것이다.

"그럼 넘어지지 않게 잘 따라와."

쭉 눈을 감고 있는 리사는 카에데가 내민 손을 잡고 어떻게든 끝냈다며 안도했다.

걷기 시작한 카에데를 따라서 리사도 한 걸음 내딛자 다른 손을 싸늘한 뭔가가 감싼다.

리사가 무심코 뒤돌아본 곳에 교복 차림의 여자애가 있었다. 리사가 느낀 싸늘한 감촉은 속이 비쳐 보이는 듯한 여자애의 손이었다.

"어……?"

"가지 마……. 가지 마아아아!"

귀신은 눈에서 까만 액체를 흘리며 그대로 리사를 두 손으로 붙잡으려고 했다. 갑작스러운 일에 놀란 리사는 공포가 허용량을 초과했는지 뿌리치지 못한 채 힘없이 주저앉고 말았다.

"으엑?! 뭐뭐뭐, 뭐야?! 리사?!"

걸으려던 순간에 뒤에서 갑자기 귀에 익숙하지 않은 목소리를 들은 카에데가 뒤돌아서 리사를 도우려고 한 순간, 그대로 시야가 까맣게 물들더니 잠시 후 게임 오버 표시가 떴다.

시야가 원래대로 돌아오자 아이템 등이 미술실에 가기 전 상태로 돌아와서, 자동으로 세이브 포인트에서 게임이 다시 시작된 것임을 알 수 있다.

리사는 다리에서 힘이 풀린 기색으로 말없이 그 자리에 주저앉아서, 다시 미술실에 갈 기력이 없는 것은 명백했다.

"끝내자!"

카에데는 그렇게 단언하고 불러낸 메뉴에서 게임 중지를 선택, 둘이서 같이 현실 세계로 돌아갔다.

현실 세계로 돌아온 카에데는 VR 기기를 벗고 호러 게임의 첫 체험을 떠올렸다. VR 게임이라서 그런지 귀신의 집 기분으로 플레이할 수 있었기에 놀라기는 했어도 긴장감이 넘치는 탐색을 즐겼다고 할 수 있다.

"리사?"

카에데가 헤드기어를 벗자 지친 표정을 지은 리사와 눈이 마주쳤다.

"카에데……."

"왜?"

"극복은…… 포기할래……."

눈에 눈물을 머금고 힘없이 중얼거리는 리사에게, 카에데는 그럴 줄 알았다며 납득한 기분이 들었다.

"아이참! 그럴 줄 알았어! 옛날부터 극복하겠다고 말할 때마다 그랬잖아."

"게임은…… 가지고 싶으면 줄게."

"음, 그래도 될까? 리사처럼 이것저것 동시에 하는 건 힘들고. 아직 갈 길이 멀어 보이는데."

"알았어……. 끌어들여서 미안해."

"아니야. 처음 플레이해 봐서 신선했거든. 하지만 슬슬 집에 가야지."

귀신을 조심하면서, 익숙하지 않은 카에데가 주도해 발걸음이 너무 무거운 리사와 함께 탐색하는 바람에 시간이 꽤 흘러서 밖이 어두워졌다. 카에데는 가방을 들고 잊은 물건이 없는지 확인했다.

"응, 다음에 또 보자."

"또 봐! 아, 맞다……. 오늘은 몇 시에 전화할 거야?"

"어? 아……."

오늘 밤은 멀쩡하게 잘 수 없을 거라며, 카에데는 리사가 언제 전화할지 물어봤다. 6층 때와 비슷한 일은 예전에도 있어서, 게임 중의 반응을 봐서는 이번에도 예외가 아니리라.

리사는 카에데가 하려는 말을 이해하고 창피한 듯 우물쭈물하고 있지만, 그럴 필요가 없다고는 단언할 수 없었다.

"여, 10시쯤에……."

"오케이!"

쥐어짜듯 대답한 리사에게 다시 작별 인사를 하고, 카에데는 귀로에 올랐다. 그리고 남겨진 리사는 책상에 엎드려 두 손으로 머리를 마구 헝클어뜨렸다.

"창피해…… 아아, 바보야."

몇 번 해도 후회하지만, 그래도 시작하기 전에는 어떻게 될 것 같다는 기분이 들었으니까 더더욱 꼴사납다.

"더는 안 해! 안 해!"

리사는 호러 게임 패키지를 보고 자기 자신을 꾸짖듯 말했다.

## 5장 방어 특화와 숨은 강적.


　카에데와 리사가 호러 게임을 하고 며칠 뒤. 오랫동안 진행된 이벤트도 막바지에 접어들려는 시기에 이벤트의 토벌 카운트가 벌써 누적 목표 달성치에 가까워졌다.

　"오, 생각했던 것보다 빨랐군."

　"그러네. 소재 아이템도 딱히 모으기 어렵지 않았고, 슬슬 충분해."

　"결국 나는 별로 참가하지 못한 채로 목표량을 달성할 것 같은걸."

　크롬, 이즈, 카나데는 토벌 카운트를 확인하면서 나머지는 어느 정도 적극적으로 활동하고 있는 대규모 길드에 맡기고 조금씩 무난하게 잡다 보면 이벤트 기간에 목표를 달성할 수 있으리라고 예상했다.

　"그러면 나는 언제나 그렇듯 다른 길드를 구경해 볼까."

　"오, 정찰?"

　"【래피드 파이어】의 두 사람도 이야기를 들어선 재미있을 것 같으니까. 조금 보고 싶어져서."

"그 두 사람은 강하니까 말이지. 정보가 있으면 대인전 때 편해지겠어."

"그런 거야. 뭔가 알아내면 연락할게."

"그래. 필요한 게 있으면 언제든지 말하렴."

"응. 아. 그리고 예전에 사리가 뭔가 고민하던데. 대인전 때문에 그런 게 아닐까 생각하지만, 자세히는 물어보지 않았거든. 그러니까 만났을 때 물어봐 주면 좋겠어."

"그래, 알았다."

"기억해 둘게."

카나데도 마도서와 테이밍 몬스터인 소우의【의태】로 유연하게 전투할 수 있으므로, 레벨은 별로 안 높아도 전투에 중요한 스킬로 핵심 전력이 될 수 있다. 다만 카나데는【아카식 레코드】와 그 마도서에 많이 의존하니까 7층에서 본격적으로 싸우려면 마도서를 안 쓰기 어렵다. 남기고 싶은 마도서를 정하기 위해서라도, 필요한 정보가 있으면 공유하고 싶은 것이다.

카나데는 길드 홈에서 나가 오늘도 릴리와 윌버트의 정보를 찾으러 떠났다. 그리고 카나데가 나가고 얼마 안 있어 메이플과 사리가 길드 홈을 찾았다.

"어머, 타이밍이 딱 어긋났나 보네."

"그렇군. 조금만 더 있었으면 직접 이야기할 수 있었을 텐데 말이다."

"……? 무슨 이야기죠?"

"그게 있지. 사리가 대인전으로 꽤 고민하는 것 같으니까 물어봐 달라고 카나데가 말했거든."

"사리, 짚이는 데가 있니?"

"카나데와 이야기한 건 그날이니까…… 아앗?!"

무심코 큰 소리를 낸 사리는 입을 막고 헛기침한다.

"괘, 괜찮아?"

"아무것도 아니에요. 다른 일로 고민한 거였는데, 사람 헷갈리게 했네요. 미안해요."

"아…… 흠흠."

메이플은 무슨 일인지 눈치채고 혼자서 고개를 끄덕이는데, 사리가 아무 말도 하지 말라는 뜻으로 눈짓하는 바람에 눈치챈 내용에 관해서는 딱히 언급하지 않았다.

"그러면 됐고. 아니라면 캐물을 수도 없으니까."

"그래. 미안해. 카나데한테는 그렇게 전할게."

"네. 잘 부탁드려요."

대화를 마치고 각자의 이야기로 돌아간 크롬과 이즈를 보고, 메이플은 조용히 사리에게 말을 걸었다.

"고민은 호러 게임 때문이었어?"

"참! 그렇게 눈치가 빠르지 않아도 돼."

메이플에게 그 말을 들은 사리는 표정을 감추듯 고개를 숙이고, 머플러를 입가로 끌어올렸다.

◆ □ ◆ □ ◆ □ ◆ □ ◆

길드 홈을 나선 카나데는 처음에 말한 대로【래피드 파이어】의 두 사람을 정찰하러 갔다. 릴리와 윌버트는 특정 시간과 장소에 사격 연습을 하듯이 몬스터를 격파하므로, 제아무리 층이 많고 그 하나하나가 넓어도 찾아내기 쉽다.

"【thunder storm】쪽은 이렇다 할 새 정보가 없으니까, 뭔가 흥미로운 걸 찾아내면 좋을 텐데 말이야."

카나데는 가는 길에 갑자기 몬스터가 공격할 때를 대비해 소우를 소환하고, 사리처럼 말을 타고 필드를 이동했다.

소우가 있으면 자신으로 의태시켜 마도서 소비를 걱정하지 않고 전투할 수 있다. 그래서 현재로선 중요 이벤트나 보스전을 제외하면 기본적으로 전투는 소우에게 의지한다.

카나데는 예전에 메이플과 사리가 릴리와 윌버트를 보러 간 장소 근처까지 간 다음, 말에서 내려 나무에 등을 기대고 앉아 쌍안경으로 두 사람을 확인했다.

"들은 대로 정확히 명중하네……. 게다가 위력도 굉장한걸. 저 정도면 나는 접근하지 못할지도 몰라."

윌버트는 하늘에서 날아다니는 몬스터를 상대로 한 번도 화살이 빗나가지 않으니까 백발백중이라고 하는 것도 납득이 간다. 더군다나 한 방에 떨어뜨리는 위력까지 있으면 어지간한 플레이어는 접근하기도 전에 벌집이 되리라.

"억지로 거리를 좁힐 수밖에 없겠네. 좋은 스킬과【AGI】가 필요하겠는걸."

접근하려고 해도 정면에서 뛰어가면 마찬가지로 거리를 벌릴 것이다. 사리가 말했듯이 몬스터가 폭발하는 그 모습은 공격력이 엄청나게 높은 것을 증명하지만, 자잘한 스텝과 공격을 회피할 때의 기민함은 마이와 유이처럼 극단적인 스테이터스 구성이 아님을 알려준다.

사거리가 있고, 공격력이 있고, 이동 속도도 평범하다면 순수한 강점이 된다. 무너뜨리는 것은 쉽지 않으리라.

"옆에는 릴리도 있고 말이지……. 음, 빈틈이 없어."

【래피드 파이어】의 두 사람은 개개인이 높은 완성도를 자랑하는 멤버를 다른 멤버가 지원함으로써 더욱 탄탄해지고 있다.

윌버트가 공격을 맡으면 일격의 질을 통한 필살. 릴리가 공격을 맡으면 압도적인 물량으로 다수와의 전투를 강요한다. 한쪽이 지원에 집중하니까 무의식중에 존재하는 빈틈을 노려 공격하기도 어려우며, 모든 능력 면에서 높은 수준이라고 할 수 있으리라. 벨벳과 히나타와는 성질이 다른 콤비인 셈이다.

카나데가 심심풀이 삼아 이즈가 만든 퍼즐을 풀면서 두 사람이 테이밍 몬스터를 소환하거나 지금껏 목격된 적이 없는 스킬을 쓰지 않는지를 확인하고 있을 때, 멀리 있던 릴리와 윌버트가 사격 연습을 그만두고 다가왔다.

"오오! 오늘은 또 흥미로운 인물이 있군."

"죄송합니다. 릴리가 꼭 보고 싶다며 말을 듣지 않아서요."

"나야말로 엿봐서 미안한데? 하지만 굉장한걸······. 꽤 멀리 떨어졌을 텐데."

이즈가 만든 고성능 망원경으로 간신히 확인할 수 있는 거리에 있었으니까, 육안으로는 도저히 카나데를 확인할 수 없을 줄 알았다.

"하하. 우리 윌은 특별해서 말이지."

"저는 너무 자세하게 말할 수 없지만······ 그러네요. 잘 보였습니다."

참 난처하다며, 카나데는 머리를 긁적였다. 사리가 뭔가 있다고 느낀 것은 착각이 아닌 듯하다. 윌버트는 모종의 스킬 또는 아이템으로 최고 레벨의 생산직이 만든 쌍안경과 동등한, 혹은 그 이상의 거리를 볼 수 있다는 뜻이다.

"하하. 기습은 하나도 안 통할 것 같네."

"후후. 그렇다마다. 좋군. 솔직한 점이 호감이 가는걸."

그렇게 말하고, 릴리는 자신만만한 표정을 지어 보였다. 윌버트의 능력이 어느 정도 알려지더라도 어디까지나 대략적인 정보에 불과하며, 완벽한 대책을 세우기는 어렵다. 그렇다면 문제없이 승리할 수 있다고 판단한 셈이다.

"잠시 정찰하러 왔는데. 왜 있잖아. 너희도 우리 길드에선 중요 인물이거든."

"그런 말을 들으면 부끄러운데요……."

"아니, 기분이 나쁘진 않군. 실제로 그렇겠지?"

"글쎄요?"

"매정하군. 이럴 때는 그렇다고 말해야지."

"그럴까요……?"

"아차, 이야기가 샜군. 뭔가 유익한 정보를 얻었을까?"

"넓은 색적 범위와 사격 능력을 재확인한 정도일까."

"그렇군. 하지만 솔직히 말해서 그게 전부다. 그보다 더 어쩔 수가 없겠지?"

"그러네. 적어도 나는 불리하겠는걸."

"윌에게 불리한 정도로 끝났다면, 좀처럼 방심할 수 없군."

카나데도 앞뒤 가리지 않고 마도서를 쓰면 어떻게든 할 수 있겠지만, 숨기고 있는 능력이 있다면 그것만으로 형세가 뒤집힐 우려가 있다. 그래서 불리하다고 대답한 것이다.

"물론 얼마든지 봐도 상관없다. 말은 그렇게 해도, 보여줄 수 있는 것은 너희 길드 마스터에게도 거의 다 보여줬다고 생각하지만."

"응. 나도 들었어. 뭐, 정찰이라고는 했지만, 반쯤은 내 흥미 위주야. 다양한 스킬과 그것을 능숙하게 다루는 플레이어. 그 걸 보는 재미가 있거든."

"그렇군요."

"거짓말은 아닌 것 같군. 그래, 이해할 수 있다."

"그런고로 계속할 거면 한동안 구경해도 될까? 몬스터가 속속 떨어지는 것을 보면 기분이 상쾌해지니까."

"그런가. 그렇다면 미안하군. 오늘은 이만 접을 예정이다."

"하하하. 사과할 건 없어. 내가 멋대로 구경한 거니까. 오히려 그만두라고 말하는 것이 더 자연스럽지 않을까?"

아무튼 오늘은 이쯤에서 끝낸다고 하니까, 그렇다면 카나데도 다른 길드의 플레이어나 구경할까 하고 자리에서 일어나려고 했다.

그 직후에 가까운 곳에서 참방참방 물소리가 나기 시작해서, 세 사람은 소리가 난 곳으로 몸을 돌렸다. 그곳에는 바닥에서 물이 샘솟고 있는데, 물웅덩이라고 하기에는 너무 큰, 직경 10미터가 넘는 범위가 물에 잠겨 있었다.

"응? 뭐지? 너희 스킬이야?"

"아뇨. 저는 아무것도."

"다른 길드 멤버들도, 당연히 우리도 이런 스킬은 본 기억이 없군."

근처에 다른 플레이어는 보이지 않고, 더군다나 물이라면 이번 이벤트를 연상하게 했다.

"뭘, 지금껏 해치운 상어나 문어나 곰치 중에 이런 전조가 있었나?"

"없었을 텐데요. 사용하는 스킬에 관해서도 비슷한 것이 있는 몬스터와는 마주치지 않았을 겁니다."

"좋아. 잠시 기다려 볼까. 카나데, 너도 남아주면 고맙겠군. 무슨 일이 일어날지 모르니."

릴리는 물이 퍼지는 규모에서 거물이 나타날 것을 예측했다. 그렇다면 지금 근처에 있는 전력을 놓칠 이유는 없다.

"응, 알았어. 좋은걸. 상정하지 않았던 재밌는 일과 마주친 것 같아."

카나데도 상황을 지켜보기로 하고, 셋이서 무슨 일이 벌어질지 커지는 물웅덩이를 관찰한다. 그러자 중앙에서 파문이 퍼지고 철썩 하는 커다란 소리와 함께 거대한 오징어가 모습을 드러내고 공중에 떠오른다.

"오, 대왕오징어는 제2회 이벤트 이후로 처음 보는걸."

"좋아. 이유는 모르겠지만 거물이다. 해치우겠다, 윌!"

"네, 물론이죠."

"수중은 아니고, 나도 조금은 강해졌으니까. 어떻게든 할 수 있어."

카나데는 제2회 이벤트 때 물속에 들어가 대왕오징어에게 눈 깜짝할 사이에 죽었다. 이번 개체는 그것과는 다르지만, 성장의 결과를 보여줄 기회다.

셋이서 제각각 무기를 들고, 먼저 메인 딜러인 윌버트에게 버프를 걸기 시작한다.

"【왕좌지재(王佐之才)】, 【전술 지도】, 【이치를 벗어난 힘】, 【현왕의 지휘】, 【이 몸을 바쳐】, 【어드바이스】!"

"소우, 【의태】."

카나데의 머리에 올라타 있던 슬라임이 폴짝 뛰어내려 형태를 바꾸고 카나데와 똑같은 모습으로 의태하자 릴리는 눈을 휘둥그레 뜨고 흥미로운 기색으로 봤다.

"오호라, 그런 몬스터인가! 소문으로는 알았지만 직접 보니 놀랍군."

"편리해. 나한테는 특히나."

카나데는 소우에게 마도서를 꺼내게 하고 대미지를 올려주는 버프를 계속해서 사용한다. 소우가 쓰게 하면 효과가 떨어지지만, 카나데는 입수 난이도를 무시하고 질적으로 좋은 스킬을 모았기 때문에 상승치가 엄청나다.

"【단풍나무】에서 버프를 맡을 사람은 나밖에 없으니까. 조금은 해봐야지."

"하하하…… 조금치고는 수치가 너무 올라가는데요……. 고맙습니다. 쏴버리죠."

윌버트는 활을 들고 시위를 바싹 당겨 오징어의 미간을 조준했다.

"【힘껏 당기기】, 【멸살의 화살】."

빨간 이펙트와 함께 눈으로 인식하기 어려울 정도의 속도로 날아간 화살은 오징어의 두꺼운 몸통을 뚫고서 저 하늘 멀리 사라졌다. 대량의 대미지 이펙트가 화끈하게 터지지만, 머리 위에 표시된 HP 막대는 거의 줄어들지 않는다.

"어이쿠…… 그렇군."

"이건 예상하지 못했네요. 릴리, 교대할까요?"

"그래, 맡겨만 줘라. 다만 그런 차원이 아닌 듯한데……."

월버트는 일격으로 해치우지 못하면 대미지가 현저하게 감소하므로 【퀵체인지】로 장비를 바꾸고 릴리와 공격을 바꿨다.

릴리는 즉석에서 대량의 병사를 소환하고 사격을 개시하지만, 일격 필살인 월버트조차 큰 대미지를 주지 못했다는 사실에서 알 수 있듯이 HP가 줄어들기는 해도 유효타라고는 보기 어렵다.

"반격이 오는가……! 【이 몸을 방패로】!"

"소우! 【대상 증가】, 【정령의 빛】, 【수호결계】!"

양쪽에서 세 사람을 뭉개려는 듯 쇄도하는 촉수를 보고, 카나데는 대미지 감소 스킬을 발동하고, 릴리는 생성한 병사를 전부 써서 자신들을 감싸게 했다. 그러나 받는 대미지를 경감했는데도 엄청난 위력이어서, 병사들은 한순간 저항한 뒤 산산이 분쇄되었다.

"예상을 뛰어넘는군……. 【래피드 팩토리】, 【재생산】!"

카나데가 사리에게 듣지 못한 스킬이 발동되고, 동시에 파괴된 병사가 금방 다시 보충되어 벽이 된다.

"헤에. 이런 소환도 되는구나."

"그렇다마다. 월의 힘을 봤지? 나란히 서려면 최소한 이 정도는 되어야지."

"하하. 저는 딱히 상관없는데요. 믿음직해서 손해를 볼 일은 없지만요."

"그렇지만 이래서는 공격으로 넘어갈 수 없으니 말이다. 윌, 길드 멤버에게 연락해라. 지원군이 필요하다."

"알겠습니다. 손이 비는 사람들을 불러 보죠."

"나도 길드 사람들을 불러 볼게."

"그것참 든든하군. 부탁하마."

그동안은 버틸 수 있다고 호언장담하고, 릴리는 병사들을 무진장 만들어서 끊임없이 내보내 촉수 공격을 막아 나간다.

그러나 마을에서 꽤 멀리 떨어진 곳이라서 갑자기 부른 지원군이 올 때까지는 시간이 걸린다.

"아무래도 소우의 대미지 감소가 없으면 조금 힘들겠는걸. 윌도, 나도 공격력 중시의 서포트 요원이라는 점이 발목을 잡은 것 같군."

"나도 그렇게 많이 있는 건 아니거든? 앞으로 여러 번 맞을 수는 없겠어."

"충분하고도 남는다. 어차, 윌. 보아하니 예상하지 못한 지원군이 온 것 같군."

그러는 동안에 조금 멀리 떨어져 있던 플레이어가 대왕오징어의 출현을 감지하고 다가온다. 마침 잘됐다며 릴리는 공격해도 될지 망설이고 있는 주위 플레이어들에게 말했다.

"갑자기 나타나서 말이다! 몇 명만으로 해치울 수 있는 상대가 아닌 듯하다! 힘을 빌려주지 않겠나!"

일반적인 필드에 나타난 적이 없는 듯한 거대 몬스터를 어떻게 할지 가만히 있던 플레이어들도 일제히 공격을 시작한다. 그렇게 함으로써 세 사람에게 쏠렸던 공격이 분산되고, 간신히 일시적으로 이탈하는 데 성공했다.

"휴. 언제 뚫릴지 간담이 서늘했는데, 대미지 경감을 써 줘서 고맙군."

"응, 높은 방어 능력도 봤으니까 운이 좋았어."

"이만한 병사를 소환하니까 말이다. 그 정도는 가능하다."

"재확인도 중요하니까. 정말로 강하다는 것도 알았고."

"그렇군."

"슬슬 가까이 있던 멤버가 도착한다고 합니다."

"지원군은 되도록 많이 필요하겠군. 봐라. 지금도 가세한 플레이어가 완전히 날아갔다."

정상급 플레이어인 릴리가 카나데와 윌버트의 지원을 받고도 방어에 전념하는 것이 고작이니까, 사람에 따라서는 버틸 수 없는 것도 당연하다.

실제로 몬스터를 보고 다가온 플레이어 중 3분의 1 정도는 이미 촉수의 제물이 되었다. 미묘하게 공중에 뜬 바람에 접근해서 공격하기 어려우니까 플레이어에 따라서는 상성이 나쁘기도 했다.

"마법 유저는 공격하기 쉽고, 너희도 사격할 수 있어. 우리는 우리끼리 알아서 공격하자."

"또 공격이 집중되면 곤란하니까 사람이 늘어날 때까지는 찬찬히 공격하죠."

"그래, 그렇게 하자꾸나."

릴리는 또다시 불러낸 병사들로 진형을 갖추고 오징어를 향해 사격을 개시한다. 카나데도 소우가 지닌 강한 마도서를 써서 공격을 속행했다.

"소우, 【숨어들기】."

이것으로 몬스터가 노릴 확률이 낮아졌다고 카나데가 말하자 그렇다면 다행이라며 릴리가 사격을 강화한다.

"주위에도 사람들이 늘어났으니까. 셋이면 기척이 줄어들어도 우리를 노릴 거야."

"사람이 이만큼 있으면 말 그대로 숨어들 수 있겠군요."

"그렇지만 어디까지나 확률이 줄어드는 거야. 끊임없이 공격하거나 【도발】을 쓰면 또 표적이 될 수 있으니까 조심해."

"기억해 두마."

플레이어를 상대할 때는 딱히 신경 쓸 필요 없이 공격할 수 있으므로 PvP보다는 PvE용 스킬이라고 할 수 있다.

그러는 동안에 【래피드 파이어】의 길드 멤버가 도착한 듯, 세 사람에게 뛰어왔다. 따로따로 움직이는 다른 플레이어와 다르게 통솔이 잡힌 파티 플레이로 후방 딜러를 지키면서 대미지를 주기 시작한다.

"도착한 것 같네. 이제야 겨우 편해지겠어."

"그나저나 정말 HP가 많군요."

"그래. 이건 딱 봐도 보스보다도 터프하군. 잘못 설정한 게 아니라면 대규모 집단으로 공략하는 것을 의도한 거겠지."

【래피드 파이어】의 멤버들이 공격을 맡으면서 단독으로 가세한 플레이어도 싸우기 편해져 주는 대미지가 가속하기 시작한다. 대규모 길드가 길드 단위로 사람을 모으는 바람에 사람들이 많이 이동하는 것을 보고 무슨 일이 있는가 싶어 쫓아온 플레이어. 세 사람처럼 먼저 싸우고 있었던 플레이어가 부른 플레이어. 그렇게 사람이 많이 모이면서 세 사람이 무한처럼 여겨졌던 HP가 확실하게 줄어든다.

그러나 이토록 강력하게 만들어진 몬스터가 촉수로 때리기만 할 리가 없어서, 행동 패턴의 변화가 나타났다.

오징어는 공중에 붕 뜨더니, 지면을 향해 먹물을 대량으로 뿜었다. 그것이 마치 연막처럼 넓게 퍼지고, 물속이 아닌데도 시야를 물들이듯 뒤덮었다.

"이건…… 릴리!"

"나도 안다! 【괴뢰의 성벽】!"

릴리가 깃발을 휘두르자 소환된 병사들이 부서지고 거대한 벽으로 재구축된다. 이것으로 세 사람의 전방을 방어한 직후, 굉음과 함께 대량의 물이 밀려들어 벽을 깎아내기 시작한다. 물 때문에 연막이 쓸려나가듯 사라지지만, 이 공격의 전조를 감추는 목적은 이미 달성했다.

"다수에는 범위 공격. 실로 올바른 움직임이로군."

"난처하군요……. 연막 범위를 생각하면 모두가 대상이 될 테니까요."

"일단 밀어내서 태세를 정비하고 싶은 참인데……."

"잘됐어. 빈틈은 만들 수 있을 것 같아."

무슨 소리인가 싶어서 카나데를 보는 릴리와 윌버트에게, 카나데는 그 이유를 손으로 가리켰다. 공중에 떠오른 오징어보다 높은 곳, 지면을 밝히면서 하늘에 뜬 거북이 위에서 세 사람의 실루엣이 먼저 낙하했다.

윌버트는 곧바로 그것이 무엇인지 이해했다.

"저건 메이플 씨와, 마이 씨와 유이 씨? 어라……? 저 무기는 대체……?"

윌버트는 빠르게 낙하하는 세 사람이 그대로 각자 무기를 내리치는 것을 목격했다. 메이플은 촉수로 변형한 팔로 오징어를 찢어발기듯 집어삼키고, 양쪽에 있는 마이와 유이는 각각 여덟 개의 대형망치를 내리친다.

윌버트의 공격력을 웃도는, 일반적인 플레이어의 수십 배에 달하는 파괴력이 담긴 대형망치는 비정상적으로 많은 대미지 이펙트를 뿌리고, 눈에 띄는 수준으로 오징어의 HP를 줄이면서 공중에 떠 있는 오징어를 강제로 바닥에 떨어뜨렸다.

◆ □ ◆ □ ◆ □ ◆ □ ◆

　그 무렵, 낙하하는 세 사람을 배웅한 시럽의 위에서 사리, 카스미, 이즈, 크롬은 자신들이【헌신의 자애】범위에 있는 것을 확인하고 뛰어내릴 준비를 하고 있었다.

　"망치 여덟 개는 장난 아닌걸. 공격력이 터무니없잖아."

　"강화도 단단히 했어. 무기에 부여할 수 있는【STR】증가치는 장신구보다 많으니까. 양손 무기라면 더더욱."

　대미지가 뜨는 것을 보고, 고생은 했어도 좋은 물건을 줄 수 있었다며 이즈가 만족스럽게 고개를 끄덕인다. 원래라면 하나밖에 장비할 수 없다는 전제로 높게 설정된 대형망치의【STR】수치를 여덟 개나 받는 것만으로도 무시무시하다. 마이와 유이는 그것을 또 배로 늘리는 스킬이 있으니까, 이렇게 되는 것도 당연하다고 할 수 있었다.

　"그나저나 굉장한걸. 먼저 가서 오징어를 멈추게 하면 내려간다고 했는데, 정말로 살아남을 줄은 몰랐어."

　"그래. 귀중한 구경을 했군. 저 두 사람의 공격에 버티는 생물이 있을 줄이야."

　각자 눈앞의 참극을 보고 느낀 바를 말하면서, 대왕오징어를 해치우기 위해 네 사람은 이어서 뛰어내렸다.

　그 공격력이 예전과는 차원이 다를 정도로 강화되어 보스전 특화 결전병기가 된 마이와 유이가 전장에 투입되면서 단숨에 상황이 유리해졌다.

바닥에 처박힌 대왕오징어의 위에 그대로 내려가 메이플에게 보호받으면서, 마이와 유이는 무시무시한 위력이 담긴 일반 공격을 계속한다. 아무리 첫 일격을 버렸다지만, 그것은 온 힘을 다한 필살기도 아닌 일반 공격이니까 어쩔 수 없다.

나아가 초강력 대미지가 대왕오징어의 물줄기를 막음으로써, 생존자들이 지금이 기회라며 단숨에 공세에 나선다.

생긴 기회를 살리기 위해서, 모두가 보유한 최대한의 기술로 공격한다. 그중에서도 역시 가장 두드러지는 대미지 이펙트를 날리는 것은 바닥에 드러누운 대왕오징어의 위에 진을 친 【단풍나무】 멤버들이었다.

"응, 역시 우리 길드 사람들은 믿음직해."

그리하여 카나데, 릴리, 윌버트가 마주친 대왕오징어는 몰아치는 공세 앞에서 빛이 되어 폭발했다.


전투가 끝나 생존자들이 제각기 감상을 말하는 가운데, 메이플 일행은 카나데가 있는 곳으로 뛰어갔다.

"고마워. 미안해, 갑자기 불러서."

"아니야, 괜찮아! 하지만 엄청난 게 있어서 깜짝 놀랐어."

카나데와 메이플이 이야기하는 중간에 릴리가 끼어든다.

"놀라운걸. 들었던 것보다 훨씬 씩씩해진 것 같군."

그 시선은 마이와 유이를 향하고 있다. 양옆에 떠 있는 것까지 합쳐서 대형망치 8개를 든 모습은 너무나도 기이하다.

"후후후. 훈련의 성과예요!"

"오호라…… 그런가. 아니, 참 굉장한 훈련을 다 했군, 정말이지."

"네. 저도 대형망치가 여덟 개 보였을 때는 잘못 본 게 아닌가 눈을 의심했습니다."

마이와 유이는 전혀 다른 조작감에 익숙해지려고 5층에서 대형망치를 휘두르고 다녀서, 최신 지역인 7층에 틀어박힌 여러 플레이어는 이번에 처음 목격한 셈이다.

상식을 초월한 모습을 뒤에서 보고 여기저기서 술렁대거나 허둥대는 소리가 들려오는 것은 그런 이유 때문이리라.

그때 이 자리에 모인 모두에게 운영 공지 메시지가 뜨는데, 그 내용에는 이번 대왕오징어가 대체 무엇이었는지를 알리는 설명이 있었다.

"아하…… 이벤트 기간이 긴 이유는 이런 게 있어서 그랬다 이건가."

"거대 보스 출현?"

"이벤트 2부, 레이드 보스 토벌이 후반전인 느낌인가? 그 밖에도 변경된 점이 있다는데, 메이플은 이거겠네."

릴리는 후다닥 다 읽고 내용을 파악하더니, 마찬가지로 내용을 파악한 사리가 메이플에게 설명했다.

기간을 반쯤 남겼을 무렵에 이벤트 한정 몬스터를 일정 횟수 토벌하는 데 성공한 플레이어들에게 다음 목표로 각층에 나타나는 거대 보스 토벌이 있음을 알린 것이다.

릴리 일행이 느낀 것처럼 이것은 단순 파티만으로 해치울 수 있는 것이 아니라, 사전에 정해진 시간에 지도에 표시되는 장소로 가서 다수의 플레이어가 격파를 노리는 것이다. 출현하고 나서 시간이 지나면 사라지므로, 잘 생각해서 토벌하러 나설 필요가 있다.

"이것도 격파 횟수에 맞춰 이벤트 뒤에 메달을 주고, 다른 소재도 드롭한다나 봐."

"오오! 그럼 또 힘내야겠네!"

이번 출현은 특수한 경우로, 카스미가 4층 마을의 가장 안쪽에 처음 도착했을 때와 비슷한 느낌이다. 이벤트 몬스터 토벌 카운트가 때마침 마지막 보수 조건에 도달하면서 발생한 것이었다. 카나데와 릴리 일행이 딱 마주친 것은 우연인 셈이다.

"【단풍나무】도 열심히 가담해 줘서 살았군. 그 거대한 몸뚱이를 날려 버리는 공격은 유일무이하다. 두 사람의 힘이 꼭 있었으면 좋겠군."

마이와 유이는 높이 평가받아 쑥스러워하지만, 그 평가도 타당하다고 할 수 있다. 두 사람은 토벌이 순조롭게 끝나는 데 최고로 공헌했으리라.

"몬스터가 상대면…… 더군다나 그만큼 크면 맞히기 쉽고, 싸우기 편하니까."

움직임이 별로 빠르지 않아서 카나데가 말한 것처럼 피할 수 없다는 점이 크다. 아무튼 이번에는 여기서 끝. 또 다음 전투가 있을 때까지 기다려야 할 것이다.

"예상하지 못한 두 사람의 성장도 볼 수 있었다. 좋은 수확이군. 윌, 길드 멤버를 모아서 돌아가자."

"네. 그러죠."

"저기, 또 보스전에서 봐요!"

"그래. 그렇게 되면 좋겠군. 또 만나자, 【단풍나무】."

릴리는 그 말을 남기고 윌과 함께 떠나갔다. 이제는 기간에 여유가 있다고 여겨졌던 이벤트에서 갑자기 시작된 후반전. 메이플 일행은 다시금 이벤트에 임하게 되었다.

## 6장 방어 특화와 불벼락.

그리하여 이벤트 후반전이 시작된 가운데, 메이플은 7층의 조용한 언덕에서 햇볕을 쬐며 느긋하게 쉬고 있었다. 이벤트에 새로운 전개가 나타났다고는 하지만, 사람을 대거 모아야 하는 이상 레이드 보스의 출현 시간은 정해져 있고, 그때까지는 자유 시간이기 때문이다. 개중에는 그 시간을 이용해서 예전처럼 이벤트 한정 몬스터가 주는 소재 아이템을 열심히 모으는 사람도 있다.

그러나 이즈가 말하기로는 필요한 만큼은 다 모았다고 해서, 많아도 나쁠 일은 없지만, 무리해서 토벌하러 갈 필요성이 없어진 것이다.

"느긋하게 지낼 수 있어서 좋아. 시간 가속 이벤트는 다들 열심히 할 수 있지만, 그만큼 바쁘니까……. 그치, 시럽."

메이플은 불러낸 시럽의 머리를 콕콕 찔렀다. 이번에는 모든 플레이어가 함께 싸우니까 메이플에게는 예전보다도 훨씬 자기 마음대로 즐길 수 있는 이벤트가 되었다.

다음 거대 보스가 등장하는 시간은 이미 알려졌고, 장소도 딱히 가기 어려운 곳이 아니어서, 말이 없는 메이플도 시럽을 타고 미리 출발하면 문제없이 도착할 수 있으리라.

이제는 방패 유저답게 마이와 유이를 지키면 문제없다. 할 일이 명확하면 메이플도 안심할 수 있다.

그래서 느긋하게 지내고 있는데, 위에서 뭔가 다가와 해를 가리고 그늘을 크게 드리웠다.

대체 무슨 일인가 싶어서 위를 보자 그늘을 만든 존재가 위치를 조금 바꿔서 바닥으로 내려왔다.

"야호, 메이플. 어때? 이벤트는 잘되고 있어?"

"미이!"

미이는 이그니스에서 뛰어내리고 메이플의 옆에 앉았다.

"응! 순조로워. 지금은 레이드 보스? 그게 나올 때까지 한가한 느낌이야."

"이벤트 한정 몬스터를 잡는 미션은 이미 끝났으니까. 그렇다면 소재도 다 모았나 보구나?"

"응! 에헤헤. 대부분 길드 사람들이 모은 거지만. 아, 그래도 몬스터 하우스에선 나도 애썼어!"

사리와 카스미가 슥삭슥삭 해치운 양이 많은 것은 사실이다. 다만 인원이 될 때는 벨벳이 알려준 몬스터 하우스를 이용한 소재 수집에서는 메이플도 활약했다. 몬스터가 대량으로 에워싸도 문제가 없다고 말할 수 있는 것은 메이플 특유의 현상이다.

"우리 길드도 꽤 많이 모았으니까. 나는 조금 상성이 나빴지만, 그 정도는 말이지."

"오오, 역시 미이야!"

이번에 나온 몬스터는 물과 관계있는 것이 많아서 불로 싸우는 미이에게는 상성이 나쁜 적이다. 다만 성장한 미의 화력도 강해져서, 잡몹이라면 상성이 나빠도 불사를 수 있다.

"응, 그런데 이번 이벤트는 8층을 대비한 것 같으니까⋯⋯ 그렇다면 8층도 힘들 것 같아."

"정말 그럴지도. 물과 관계가 있을 것 같아."

"지금의 이벤트 몬스터를 얼마나 참고할 수 있을지 모르겠지만, 레이드 보스도 그쪽이면 거의 확정이란 말이지."

"물이면 나도 어렵겠어⋯⋯. 왜, 헤엄칠 수 없잖아. 헤엄치게 될 것 같지도 않고."

"그렇다면 수중전은 기본적으로 안 되는 거구나? 메이플과 싸울 때는 물속에서 하는 게 좋을까⋯⋯."

그렇게 되면 미이도 싸우기 불편하니까 의미가 없지만, 잘 유인하면 메이플이 싸우기 힘들어지는 건 사실이다.

"아, 그래도 일단은 폭발해서 헤엄칠 수 있어!"

"⋯⋯⋯⋯?? 그걸 헤엄친다고 할 수 있을까⋯⋯?"

육해공 전부에서 폭발로 이동 능력을 담보하는 것이 메이플이다. 미이는 막상 생각해 보니 기묘하다고 느끼지만, 메이플의 자폭 가속이 실전급인 것은 직접 체험해서 잘 안다.

"하다못해 대미지 정도는 받았으면 좋겠는데."

"후후후, 방어는 튼튼해!"

자폭이 단순한 이동 수단으로 기능하는 것은 메이플의 방어력 덕분이다. 미이도 비슷하게 할 수는 있지만, HP를 유지하지 않으면 위험하고, 받는 대미지 때문에 연발하기도 어렵다.

"나는 이그니스가 있으니까 됐지만, 메이플의 자폭만 한 기동력이 없으면 이번처럼 커다란 보스를 상대로 뒤를 잡을 수 없으니까."

그렇기에 특정 스테이터스에 올인하는 플레이어가 적고, 있어도 성공하기 어려운 것이다. 이동력과 내구력, 공격력 등 문제는 얼마든지 있다.

"나도 시럽 덕분에 좋은 느낌으로 위에서 공격할 수 있고, 마이와 유이를 【헌신의 자애】로 지켜주면 다들 굉장해!"

"길드 멤버한테 들었어. 대형망치 8개라며? 진짜로 레이드 보스를 두들겨 패서 잡을 수 있지 않을까?"

"대왕오징어와 싸웠을 때는 될 것 같았어!"

"와, 위험하네……. 우리 길드의 탱커한테는 조심하라고 말해야겠어."

레이드 보스를 정공법으로 쳐부수는 막강 화력을 인간이 버틸 리가 없다. 상황에 따라서는 방패째로 산산이 부서지리라.

그렇게 미이는 한동안 메이플과 이야기했다. 메이플이 느긋한 것처럼, 미이도 딱히 뭔가 서두르는 일은 없기 때문이다. 다음 레이드 보스전에는 미이도 참가할 예정이어서, 【단풍나무】멤버들과는 현지에서 합류하고, 이번에는 둘이서 같이 이동하기로 했다. 거리가 제법 먼 곳이니까 이그니스를 탈 수만 있다면 이상한 방법으로 공중부유하는 시럽보다 일찍 도착할 수 있다.

그때까지 시간을 어떻게 쓸지 둘이서 이야기하고 있을 때 낯익은 사람이 지나갔다. 보아하니 상대도 메이플과 미이를 눈치챈 듯, 손을 작게 흔들며 다가왔다.

"메이플 씨! 그리고 미이 씨도."

"앗, 벨벳!"

오늘은 숙녀 모드인지 벨벳은 평소의 도전적이고 활발한 표정이 아니라 차분하고 온화한 표정을 지었다. 그것을 본 미이는 한차례 헛기침하고 나서 반응했다.

"으음…… 직접 만난 기억은 없는 걸로 안다만?"

"그러네요. 하지만 유명하니까요."

"피차 말이지. 이 몸도 소문은 들었다."

두 사람의 사정을 아는 메이플은 확 바뀐 두 사람의 느낌을 보고 말로 표현할 수 없는 표정으로 지켜봤다.

"벨벳은 오늘 혼자구나."

"히나타는 볼일이 있다고 해서…… 평소 같으면 저도 일정을 맞추겠지만, 이벤트에서 새로 등장한 레이드 보스를 보고 싶었어요."

차분한 느낌으로 말하고 있지만, 속내는 '강하겠지! 재밌겠지! 싸우고 싶어!' 라는 것임을 메이플도 눈치챘다. 실제로 자세히 보면 벨벳은 흥분을 감추지 못하고 신이 났을 때처럼 웃음을 띠고 있다.

"하지만 여기선 꽤 먼데?"

말을 데려왔다고는 해도 여기서 출현 예상 지점까지는 거리가 꽤 있다. 벨벳의 분위기로 봐서는 참가하지 못하는 일이 없게 근처에서 대기할 줄 알았는데. 메이플은 고개를 갸웃했다.

"후후. 아직 시간이 있으니까요. 그 전에 길드 멤버가 보고한 흥미로운 것을 보러 가려고요."

"흥미로운 거? 이 근처에 있었던가······?"

메이플은 지금까지의 탐색을 되새겨 보지만, 흥미롭다고 할 만한 것은 딱히 떠오르지 않았다.

"미이는 뭔지 알겠어?"

"아니, 이렇다 할 기억은 없다."

"그렇군요. 괜찮다면 같이 갈래····· 갈까요?"

벨벳은 말실수한 것을 웃음으로 얼버무리며 제안했다. 메이플에게 들은 바가 있는 미이는 그 모습을 보고 자신은 왜 연기를 그만두지 못하게 됐는지 눈빛을 흐렸다.

"나는 딱히 예정이 없다. 레이드 보스전에 늦지 않는다면 동행하마."

"미이도 모른다고 하니까 뭔지 궁금해!"

"그러면 정해졌네요! 물론 레이드 보스전에는 늦지 않을 거예요! 나도 참가하고 싶으니까 말임다!"

"" "앗." ""

"앗……. 후후, 참고하고 싶으니까 말이죠?"

"…………."

다시 활짝 웃는 벨벳을, 미이는 어쩌면 있었을지도 모르는 자신의 다른 미래를 느끼고 왠지 부러운 눈치로 봤다. 어쨌든 간에 벨벳이 말한 흥미로운 것을 보러 가기로 결심한 메이플과 미이는 벨벳의 안내에 따라 목적지로 향했다.

그리하여 벨벳을 따라간 메이플과 미이가 도착한 곳은 평범한 던전이었다. 메이플은 공략한 적이 없지만, 존재는 아는 장소였다. 던전 입구는 산기슭에 뚫린 동굴이며, 최근에 발견된 숨겨진 던전인 것도 아니다.

"여기야?"

"여기는 내가 【염제의 나라】 멤버와 공략한 적이 있다. 딱히 눈에 띄는 구석은 없었던 걸로 기억한다만……."

"그것은 도착했을 때를 기대해 주세요. 말은 그렇게 해도, 운 요소가 조금 있다고 하지만요."

"운은 메이플이 있으면 문제없겠지."

"어어?! 그, 그럴까? 그래도 기도할게!"

메이플이 잘되기를 기도한 참에 던전으로 들어간다. 기본적으로 찾기 쉬운 던전이나 가기 편한 곳에 있는 던전일수록 몬스터도 약한 경향이 있다.

그것은 HP거나, 보유한 스킬의 양이거나 하는 식으로 다양하다. 즉, 이번 던전의 몬스터는 강하지 않은 축에 속한다.

"【헌신의 자애】!"

메이플이 【헌신의 자애】를 써서 딜러 두 사람을 지키는 태세를 갖추자 예전 층과 색깔만 다르고 조금 강화된 슬라임이나 골렘은 아무것도 못 하고 봉쇄당했다. 그렇게 되면 두 사람이 잡기만 하면 끝이다.

"가는 길은 내가 처리하마. 굳이 하나씩 잡을 필요도 없겠지. 【창염(蒼炎)】!"

미이가 날린 파란 불꽃이 울퉁불퉁한 암벽과 천장과 함께 통로를 통째로 휩쓸어 불사른다. 동굴 내부를 눈이 부시게 밝힌 그 불길이 잠잠해졌을 무렵에는 그곳에 있던 몬스터가 모조리 불타 사라졌다.

"오오! 역시 미이야!"

"멋짐다. 아차…… 멋지네요. 미이 씨와 【염제의 나라】와도 싸워보고 싶어요."

"언제든지 환영한다고는 말할 수 없지만…… 싸울 때는 봐줄 마음이 없다."

"그래 주셨으면 좋겠어요. 좋은 길드로군요. 물론 저희도 뒤지지 않지만요."

【염제의 나라】는 【thunder storm】보다 더 일찍 유명해진 것도 있어서, 그 시점에서 한발 앞선 플레이어가 많이 있으니까 벨벳이 싸우고 싶은 플레이어도 많다. 벨벳이 【염제의 나라】에 들어갔다면 그러한 플레이어들과 매일 결투했으리라.

"나도…… 네가 부러울 때가 있다."

"어?! 어떤 게 말임까…… 말이죠?"

"비밀로 하지……. 물어봐도 대답하지 않을 거다."

미이는 벨벳의 표정을 힐긋 보고 또다시 덤벼든 몬스터를 불살랐다.

"으음, 대인전이나 길드 관련일까요……."

벨벳이 그렇게 엉뚱한 추리를 하는 가운데, 세 사람은 좌우지간 던전 깊이 들어간다.

그러자 미이가 뭔가 눈치챈 것처럼 걸음을 멈췄다.

"이렇게 습기가 많은 던전이었던가……?"

"어? 그래?"

처음 공략하는 메이플은 모르지만, 미이는 자신의 기억과 다른 부분을 알아챘다. 안쪽으로 들어갈수록 벽이 축축하고 바닥에는 물웅덩이가 생겼다. 이벤트 한정 몬스터는 애초에 물을 만들기 전에 미이가 소각했으니까, 그렇다면 이 물은 대체 어디서 온 걸까?

"보아하니 운이 좋았던 것 같네요. 메이플 씨가 기도해 준 덕택이에요."

"우연이야. 하지만 잘되서 다행이야."

"이 습기를…… 아니 물을 생성하는 무언가가 있다. 그런 뜻인가?"

"금방 알아챘네요. 아슬아슬하게 비밀로 하고 싶었는데…… 민감한데요."

벨벳은 비밀을 폭로하듯 보러 왔다는 흥미로운 것에 대해 설명했다. 이벤트가 후반전에 들어서면서 나타난 변화 중 하나는 레이드 보스 출현이다.

"숨겨진 요소……인지는 잘 모르겠지만, 던전 보스가 때때로 바뀐다고 하더군요."

"보스가 이벤트 한정 몬스터처럼 변하는 거야?"

"그, 그렇습다! 끄응…… 그래요. 다만 모든 던전에서 그런지, 확률로 그렇게 되는지, 떨어지는 소재는 어떤지…… 그런 건 아직 모른다고 하더군요."

이 던전에서 보스가 바뀐다는 사실은 우연히 마주친 길드 멤버가 알려주었다. 벨벳은 시험해 본 횟수가 아직 적다고 했지만, 확률이 낮게 설정되었을 것으로 예상하고 있다.

"이벤트 시간은 별로 남지 않았지. 모든 던전을 조사하러 돌아다니는 건 불가능하겠군."

"던전은 많고, 반드시 나타나는 건 아니니까."

그런 의미에서 메이플의 기도는 통했을지도 모른다. 한 번에 마주친 것은 운이 좋았다는 뜻이다.

"하지만 그런 게 있다면 여유가 생길 때 던전에 가 보는 것도 좋을지 몰라!"

"그렇군. 필드에서 이벤트 한정 몬스터를 잡는 것보다 얻는 것이 더 있을지도 모르겠다."

"숨겨진 요소처럼 보이는데도 아무것도 없다고는 생각하기 어려우니까요."

이야기하는 틈틈이 몬스터를 쓸어버리고 가장 깊은 곳에 도착했을 무렵에는 물웅덩이가 많아져 지면 전체에서 물을 밟는 소리가 날 정도였다.

"뭐가 나올까?"

"역시 바다나 물을 모티브로 했을 것 같지만…… 이벤트 몬스터의 크기를 키운 듯한 보스가 나올까?"

"그러면 보스방의 문을 열게요."

"그래. 언제든지 좋다."

"나도 괜찮아!"

미이가 감소한 MP를 회복했을 때 벨벳이 보스방으로 통하는 문을 활짝 열었다.

열린 문 너머에는 둥실둥실 부유하는 해파리가 있었다. 이것이 원래 보스가 아닌 것은 확실해서, 메이플은 우아하게 공중을 떠다니는 그 모습을 보고 눈을 빛냈다.

"둥실둥실 떠 있어! 왠지 조금 귀여운걸."

"저렇게 보여도 꽤 강하다고 들었어요."

"그렇다면 온 힘을 다해야겠군…….【염제】!"

"나도【뇌신 재림】!"

메이플의 양쪽에서 각각 불꽃과 번개가 치솟는다. 공격력은 이미 충분하다. 그렇다면 메이플은 상대의 행동에 재빨리 대응할 수 있도록 대비하는 것이 중요하다. 보스에게【헌신의 자애】를 깨부술 수단이 있을 때는 곤란하므로, 소환할 수 있는 것들은 일단 내놓지 않고서 병기도 전개하지 않고 의식을 방어에 집중한다.

"【플레어 액셀】!"

"【전자 도약】!"

"【커버 무브】!"

각자 스킬을 발동해 단숨에 가속하고 해파리와의 거리를 좁힌다. 그러자 해파리는 가느다란 촉수를 여러 개 뻗지만, 그것은 스스로 위험 영역에 들어서는 것을 의미한다.

"【폭풍의 눈】,【낙뢰 벌판】,【뇌우】!"

"【업화】,【작열】!"

벨벳에게서는 엄청나게 많은 번개가, 미이에게서는 모든 것을 불사르는 불꽃이 날아가 다가오는 촉수를 태운다. 두 사람의 스킬은 범위 공격이 뛰어나 에워싸듯 날아드는 촉수는 좋은 표적이 된다.

메이플도 벨벳과 미이가【헌신의 자애】범위에서 벗어나지 않게 이동하고【흘러나오는 혼돈】을 써서 대미지를 주는 두 사람을 지원한다.

그렇게 촉수를 이용한 방해가 실패하고, 해파리는 두 사람의 접근을 허용하고 말았다. 그러면서 몸이 벼락이 끊임없이 치는 벨벳의 영역에 들어가고, 미이에게 【염제】가 낳은 불덩이를 얻어맞는다.

HP가 쭉쭉 줄어드는 가운데, 해파리는 물에 젖은 바닥에 촉수를 박았다. 그 자리에서 도망칠 수 없어지는 행동을 본 벨벳과 미이는 계속해서 추가 공격을 날리려고 했다.

그때 바닥을 적시는 정도였던 물이 단숨에 무릎까지 불어나더니 해파리의 기본 촉수에 이어서 물이 자유자재로 움직이는 촉수처럼 변형하기 시작한다. 물로 된 촉수는 벨벳의 낙뢰와 미이의 불꽃을 막고 소멸시켰다.

"이래서는 범위 공격에 의미가 없군……!"

"그렇다면 주먹으로 때리면 됨다!"

이제는 평소와 똑같아진 벨벳이 또다시 그 자리에 스파크를 남기고 도약한다. 그러나 불타지 않게 된 촉수가 정확하게 벨벳에게 닿아 몸을 구속한다. 해파리답게 독, 마비에 이어서 추가 공격이 있을 테지만, 그것은 메이플이 용납하지 않는다.

"괜찮아! 대미지는 없고, 독이 있어도 통하지 않아!"

"고맙슴다! 그렇다면 【번갯불】! 【중쌍격】!"

벨벳은 전격으로 촉수를 태워서 끊고, 그대로 뛰어올라 묵직한 연타를 때려 박는다. 그것은 전기를 두르고 있어서, 해파리의 HP를 더욱 깎아낸다. 미이는 벨벳처럼 접근하지 않아도 원격 조작으로 【염제】의 불덩이를 날리면 된다. 범위 공격은 확실히 유효하니까 그것을 차단당한 것은 뼈아프지만, 그래도 해파리를 해치울 스킬은 아직 많이 남았다.

한편, 해파리의 입장에서도 막히면 곤란해지는 공격이 있다. 그것은 촉수 공격이다. 대량의 촉수로 공격하고, 상태이상에 걸려 움직일 수 없게 된 상대를 일방적으로 공격하게끔 설계되었기 때문이다.

그것을 전부 파괴하는 것이 메이플이다.

"힘내, 미이! 벨벳!"

그런 사실을 눈곱만치도 모르고, 메이플은 여전히 단단히 방어하고, 방패를 들고, 대미지 경감 스킬을 발동하려고 준비했다.

물론 현시점에서 상대의 공격을 봉쇄할 수 있으니까, 그런 것을 쓰는 일 없이 승리하는 것은 이미 당연한 이치였다.

그 겉모습대로 해라피가 온 힘을 다해 공격하는 인파이터를 막을 수단은 촉수의 상태이상인데, 그것이 메이플에게 통하지 않는 바람에 이제는 하염없이 두들겨 맞을 수밖에 없다.

결과적으로 보스의 HP가 0이 되고, 물로 된 촉수도 사라져 보스가 빛이 되어 소멸한 뒤에는 몇 가지 소재와 세 마리 해파리가 남았다.

"예상했던 것보다 간단했습다……. 아차…… 메이플 씨와 미이 씨가 강한 덕분이에요."

"그래. 【헌신의 자애】를 제대로 돌파하지 못하는 보스는 이렇게 되지. 몇 번인가 파티를 짜고 같이 싸웠지만, 뼈저리게 실감했다."

"잘 지킬 수 있어서 다행이야! 어디 보자, 보스는 죽은 것 같은데⋯⋯."

메이플은 아직 몬스터가 있나 싶어서 남겨진 작은 해파리를 콕콕 찔러봤다.

"그것은 몬스터가 아니라 방으로 데려갈 수 있는 감상용이라고 들었어요."

길드 홈이나 그 내부의 자기 방에 설치할 수 있다. 그 성질상 가구 아이템에 해당하는 셈이다.

"오호, 수조에 넣어두는 건가."

"길드 멤버의 보고에 따르면 하늘을 난다고 하던데요."

"나는구나! 하긴 보스 때도 둥실둥실 떠다녔고, 이벤트 한정 몬스터도 공중에서 헤엄쳤으니까."

테이밍 몬스터는 아니지만, 보스를 작게 바꾼 것을 데리고 돌아갈 수 있다는 것이 이번 이벤트 후반전의 추가 요소 중 하나인 듯하다.

"그럼 한 사람이 하나씩 가져갈까?"

아무도 반대하는 사람이 없어서 하늘을 나는 작은 해파리를 한 사람당 하나씩 챙겨가기로 했다.

"우리 길드의 멤버 중에는 여러 번 돌아서 수집하는 사람도 있다나 봐요."

"그렇군. 이해할 수 있다."

"그렇지! 여러 마리가 있으면 분위기가 날 것 같아!"

그리하여 특수 보스의 토벌에 성공한 세 사람은 던전을 뒤로 했다. 벨벳은 조금 부족한 느낌인지 레이드 보스전을 대비해 휴식하고, 미이는 그 밖에도 방에 설치하고 싶은 생물이 있을 지 생각하고 있었다. 메이플도 이런 미니 몬스터가 이번 이벤 트 한정이라면 이번 말고는 모을 수 없다는 생각에 남는 시간 에 던전을 돌아보기로 했다.

셋이서 던전을 공략하고 며칠 뒤, 그때까지 등장한 레이드 보 스는 전부 흠씬 두들겨 맞고 토벌당했다.

"역시, 이렇게 보면 플레이어가 강해."

"그래. 이 HP는 너무 많다고 생각했는데, 의외로 시시해졌 을지도 모르겠군……."

운영진은 레이드 보스의 능력을 보면서 격파된 장면을 확인 한다. 후반전 시작을 알리기 위해 등장시킨 대왕오징어는 플 레이어들이 미리 준비하지 못한 덕분에 제법 선전했다고 할 수 있지만, 그 이후로는 엉망진창이다. 그것도 전부 나오는 장소와 시간을 알아서 등장 전에 수많은 플레이어가 주위를 포위해 일제히 공격하기 때문이다.

대왕오징어가 공격에 그럭저럭 버틴 것은 초반에 포위당해 집중포화를 뒤집어쓰지 않았기 때문이다.

"나머지 기간에 등장하는 보스들이 어떻게든 애써 줬으면 좋겠군."

"그러네요……. 너무 쉽게 죽어도 레이드 보스의 풍격이 없으니까요."

그렇게 말하면서 레이드 보스가 쉽게 죽는 요인이 된 일부 플레이어를 떠올린다. 그들은 상황을 바꾸는 움직임이 가능하다. 또한 안 그래도 층이 늘어날 때마다 각 플레이어가 발견한 기묘한 스킬이 늘어나고 있으니까 혼자서는 불가능해도 한자리에 모이면 엄청난 일이 벌어진다.

"조금만 더 HP나 방어력을 조정해도 될까."

"그야 뭐…… 애초에 단계적으로 강해지도록 조정하고 있으니까 이상할 정도로 어색하진 않겠죠."

플레이어가 힘을 합쳐 다수의 힘으로 압도적인 HP를 보유한 몬스터를 해치운다면 보스도 그만한 질을 유지해야 한다.

"마지막으로 이건 좀 심하다고 생각했는데, 꼭 그렇지도 않을 것 같군."

"등장을 기다리죠."

"그래. 잘 싸워 주기를 기대하마……."

지금껏 그 기대가 짓밟힌 몬스터들을 떠올리며, 조금 불안한 듯이, 그러면서도 기대하는 마음으로, 운영진들은 데이터를 고쳤다.

## 7장 방어 특화와 마의 정점.

운영진이 기대한 마지막 레이드 보스가 등장할 때까지, 메이플은 느긋하게 지내고 있었다. 지금까지는 아무 생각 없이 어슬렁거릴 때가 많았지만, 미니 몬스터 입수와 레이드 보스전 등 명확하게 할 일이 많아진 상황이어서 그것을 적당히 즐기며 유의미한 시간을 보내고 있다. 그런 메이플은 입수한 미니 몬스터를 길드 홈에서 자랑하고 있었다.

"이게 처음에 구한 해파리고, 이쪽은 말미잘과 흰동가리, 가오리와 상어, 게!'"

메이플이 그렇게 말하고 길드 홈 책상 위에 작은 생물들을 늘어놓는다. 세세하게 만들어진 데다가 움직이기도 하는 장식물 같은 느낌으로, 책상 위는 마치 수족관 같았다.

"와, 많이 모았네. 나보다 더 모았어."

사리도 가지고 있는 것을 꺼낸다. 사리는 벨벳처럼 지금 시즌 한정으로 싸울 수 있는 보스가 흥미로워서 갔다가 입수한 것이므로, 적극적으로 모으고 있는 메이플보다는 적다.

"이만큼 모이면 장관인걸."

"그래. 수족관을 좋아하는 플레이어라면 기뻐하지 않을까?"

"장식물은 만들 수도 있지만, 이렇게 움직이면 완전히 다른 물건이야."

"생명은 연성하지 마……."

"그래. 아직 못 해."

"할 수 있게 된다고 생각하는 점이 대단한데."

움직이는 기믹이 있는 장식물과 미니 사이즈 생물은 다르다. 제아무리 이즈라도 몬스터를 생산하는 능력은 없으니까, 이건 귀중한 물건이다.

"전부 방에 두면 너무 많을 것 같으니까 여기에도 두려고."

"힐링 느낌이 좋아. 음, 나도 조금 찾아볼까."

"하지만 공용 공간에 두기에는 조금 적은 느낌인걸. 나도 던전을 돌았지만, 툭툭 튀어나오진 않았으니까."

"잘 안 나온다고 들었어요!"

"레이드 보스의 드롭으로도 얻을 수 있다고 해서…… 우리한테 있는 건 그거예요."

레이드 보스전은 토벌 달성 때 참가한 플레이어 각자에게 소재와 아이템 등을 무작위로 분배한다. 그중에도 미니 몬스터가 있다. 마이와 유이는 레이드 보스전에 가면 최종병기로 환영받는 까닭에 7층만이 아니라 다른 층도 방문할 때가 있고, 따라서 레이드 보스의 드롭 아이템을 다른 【단풍나무】 멤버들보다 많이 챙겼다. 그래서 우연히 입수하는 일도 생긴 것이다.

"레이드 보스도 순조롭게 전부 토벌되고 있다니까, 후반전 보수도 받으면 메달이 다섯 개. 다음 이벤트에서는 스킬을 더 구할 수 있을까?"

"응응, 그럼 열심히 나머지도 잡아야겠네!"

길었던 제9회 이벤트도 드디어 종반에 접어들어서, 메이플 일행은 남은 레이드 보스 토벌도 성공시키자고 의욕을 북돋았다.

그런 메이플은 오늘도 필드로 나가서 던전에 들어갈 작정이었다.

"어디로 갈까."

그러는 동안 하나의 던전에서도 다른 특수 보스가 출현한다는 사실을 알았지만, 메이플의 체감으로는 등장 확률에 차이가 있는 것 같았다. 책상을 점거할 정도로 종류가 많은데도 벨벳과 공략한 던전이 연속으로 해파리였던 것도 그 탓이다.

"모든 종류를 수집하고 싶지만 역시 어려우려나……."

메이플은 똑같은 것을 많이 모으는 것보다 다른 것을 찾아보려고 해서, 오늘 가는 던전도 다른 곳으로 할 참이다. 보스방에 자주 갈 필요가 있다면 별로 어렵지 않고 적당한 던전이 최고다.

"으음…… 맞아! 거기로 하자!"

메이플은 목적지를 정하고 마을에서 나와 시럽을 타고 일직선으로 날아간다.

그리하여 찾아온 곳은 석상과 연속으로 싸우는 콜로세움이었다. 여기라면 사리와 여러 번 돌아봐서 적이 얼마나 강한지 안다. 둘이서 싸웠을 때보다 약해질 테니까 문제없이 이길 수 있다고 판단한 것이다. 도중에는 외길만 걸으면 되고 잡몹도 이벤트 한정 몬스터만 나오는 것도 반복해서 도는 데 좋다.

"여기에 이렇게 자주 올 줄은 몰랐는데……."

메이플은 근처에서 시럽에서 내리고 안으로 들어갔다.

"【헌신의 자애】, 【포식자】!"

생각해 보면 【포식자】도 꽤 오래전에 입수한 스킬로, 레벨이 오르는 일이 없어서 공격력이 부족한 느낌이 들기 시작했지만, 스테이터스를 끌어올리는 【마의 정점】 효과로 듬직하게 성장하고 또다시 좋은 대미지를 내게 되었다.

"힘내!"

메이플은 【포식자】를 데리고 첫 번째 방에 들어가 석상과 대치했다. 특수 보스가 얼마나 강한지는 모르니까 되도록 스킬을 온존하고 싶다. 메이플의 대미지 스킬 중에서 문제없이 자주 사용하고 가장 오래가는 것이 【포식자】다. 이거라면 죽지 않은 한 자꾸 공격시켜도 변함없이 전투를 계속해 준다. 【헌신의 자애】와 메이플의 방어력이 맞물려 처음 상정된 것보다 활약할 수 있다고 할 수 있다.

두 마리 괴물은 곤봉을 든 석상을 양옆에서 물어뜯는다. 석상도 손에 쥔 곤봉을 휘둘러 괴물들을 때리지만, 【헌신의 자애】

효과로 메이플에게 흡수당해 무효화된다.

"좋아! 이젠 기다리면 돼!"

대미지를 받는 일이 없어서 메이플은 시럽에게 【빨간 화원】을 쓰게 해 주는 대미지를 늘리고, 【포식자】가 석상을 물어 죽이기만을 기다린다.

타개할 방법이 없다면 아무리 시간을 줘도 의미가 없는지라 언젠가는 죽는 때가 온다. 결국 첫 번째 석상은 곤봉을 휘둘러 【포식자】를 어떻게든 하려고 열심히 노력했지만, 그 HP를 줄이는 일 없이 소멸했다.

"좋아, 격파! 정말 강해졌어! 역시 스테이터스가 올라가면 완전히 다르구나."

메이플은 그렇게 말하고 위로하듯이 두 마리 괴물을 쓰다듬어 준 다음, 곧장 다음 석상이 있는 곳으로 이동한다.

석상은 하나에 이쪽은 괴물이 두 마리. 머릿수로도 유리하므로 질 요소가 없는 채 나머지 두 석상도 너덜너덜해질 때까지 물어뜯었다.

다만 보스 앞까지 왔을 때 메이플은 이번 공략이 꽝이라며 어깨를 축 늘어뜨렸다. 지금껏 본 던전처럼 바닥이나 벽에 습기가 없이 예전과 똑같았기 때문이다. 특수 보스는 확정으로 나오는 것이 아니라 몇 번이고 도전해서 운 좋게 나오기만을 기다려야 한다.

"좋아. 그럼 후다닥 보스를 해치우자!"

메이플은 보스방인 거대 콜로세움에 들어가 혼자일 때 석상은 무엇인지를 확인한다. 그곳에는 방패와 장검을 든 기본 석상이 있어서, 이 정도면 괜찮다며 가슴을 쓸어내렸다.

"좋아. 시작하자! 시럽 【빨간 화원】, 【하얀 화원】!"

메이플은 시럽을 시켜서 자신이 유리해지는 영역을 생성한 다음, 검을 쳐들고 덤벼드는 보스를 맞아 싸운다. 돌로 된 거대한 장검은 메이플을 베는 게 아니라 짓뭉갤 기세로 내려오지만, 메이플의 머리를 정확하게 노리고 양자가 충돌했을 때, 그 장검은 칼날을 더 움직이지 못하고 정지했다. 그 방어력을 능가하지 못한다면 어떠한 거대 무기도 겉만 번지르르해지는 것이다.

"이럴 때 【전무장 전개】, 【공격 개시】!"

병기는 휘둘리는 검을 감당하지 못하기 때문에 지금 상황에서 총과 포를 전개하고, 【포식자】의 공격을 지원하는 형태로 사격을 개시한다.

사격을 방패로 막으면 【포식자】를 저지할 수 없고, 【포식자】를 저지하면 총탄이 몸을 꿰뚫는다. 방패로 막아야 하는 보스와 그렇지 않은 메이플의 차이는 이런 상황에서 명확하게 드러났다.

다만 이 던전의 성질상 보스도 일대일용으로 만들어진 거니까 어느 정도 폭넓게 대응하는 것도 당연하다. 이번에는 방패로 사격을 막으면서 메이플을 향해 돌진한다. 돌진이라면 분명 관통 공격이 아닐 것이라며 사격을 계속하고 방패를 들어 【포식자】에게 물어뜯게 한다. 그러면서 어떻게 장검을 휘두를지를 주목하던 메이플의 눈앞에 그대로 방패가 다가왔다.

"으엑?! ……윽!"

다시 말해 진짜 목적은 실드 배시로, 메이플은 여전히 노대미지 상태이지만 방패로 온몸을 두들겨 맞는 바람에 병기가 부서지면서 강력한 넉백 효과로 바닥을 튀며 날아갔다.

"앗!"

넉백 효과로 【헌신의 자애】 범위에서 【포식자】가 나가는 바람에 메이플은 허둥지둥 뛰어가면서 【포식자】를 불러들인다.

한편, 보스는 빨간 이펙트를 두른 장검으로 회전 베기를 날려 주위에 있는 모든 것을 찢어발기려고 했다.

"늦지 않았어! 【피어스 가드】, 【헤비 보디】!"

어떻게든 아슬아슬하게 【헌신의 자애】 범위로 다시 들인 메이플은 잽싸게 관통 무효 스킬과 넉백 무효 스킬을 발동함으로써 무사히 넘어갈 수 있었다. 뭔가를 총탄처럼 날리는 공격 같은데, 관통 무효 스킬만 쓰면 불안하지 않다.

"좋아. 이젠 방심하지 않아! 끝까지 밀어붙이자!"

메이플은 다시 병기를 전개하고 【포식자】를 덤벼들게 한다. 그리하여 방심하지 않겠다는 선언대로 견실하게 보스를 몰아넣고, 결과적으로 보스는 다시 공격할 기회를 얻지 못했다.

석상은 조금씩 조금씩 대미지를 받다가 마침내 무릎을 꿇고 그대로 풀썩 쓰러졌다. 메이플은 이것으로 다 끝났다며 전이 마법진으로 가려고 했는데, 다시 생각해 보니 뭔가 이상하다는 사실을 깨달았다.

"왜 사라지지 않는 걸까……?"

석상은 HP가 0이 된 상태로 그 자리에 쓰러졌는데, 보고 있어도 빛이 되어서 사라질 기미가 없다. 메이플은 이상하게 여기고 석상 근처로 가고, 혹시 아직 살아있나 싶어서 톡톡 두들겨 보았다.

"해치운 줄 알았는데…… 어, 물?"

발밑에서 물소리가 나서 아래를 보자 바닥에 물이 퍼져 있었다. 그리고 보니 사리와 같이 왔을 때도 그랬다며 기억을 떠올리고 있을 때, 갑자기 주위 바닥에서 물이 대량으로 솟구친다.

"어어어어?!"

놀란 메이플이 멀어지자 석상 주위의 수면에서 절그럭절그럭 소리를 내며 사슬이 나온다. 그 사슬의 끝에는 닻이 달렸는데, 석상을 단단히 구속하더니 그대로 지면에 없는 것처럼 얇게 퍼진 물웅덩이를 뚫고서 석상을 끌어당긴다.

여태까지 본 것과는 다른 무언가를, 메이플은 마른침을 삼키고 지켜본다. 그러는 동안에 석상과 뒤바뀌듯 나온 것은 잠수복을 입은 인간과 너저분한 잠수함 같은 물체였다.

지금까지도 몇 번인가 수중 몬스터와 싸운 적이 있지만, 이런 타입은 처음이었다.

그 위에 HP 막대가 표시되고, 메이플은 전투태세를 취했다.

"이것도 미니 사이즈로 받으면 좋을 것 같아!"

작은 바닷속에 탐색하는 사람을 배치할 수 있는 것은 메이플에게 기쁜 일이었다. 그렇다고는 해도 경향이 너무 달라서 상대의 능력이 미지수다. 메이플은 바짝 긴장하고 검과 마법이 넘치는 세계에서 이질적인 병기를 전개했다.

"【공격 개시】!"

메이플이 총탄을 쏘자 보스는 그대로 바닥에 가라앉아 회피했다. 그리고 그 상태로 퍼진 물을 가르는 바람에 메이플의 눈이 휘둥그레졌다.

"어?! 앗……?!"

도망쳤다고 생각했을 때, 메이플의 아래를 중심으로 단숨에 물이 퍼지고 대응이 늦어진 몸을 수많은 사슬이 옭아맨다. 【포식자】와 시럽은 【헌신의 자애】로 보호할 수 있어서 무슨 일이 있으면 공격시키고자 상대의 다음 대응을 살핀다. 그러고 있자 발밑이 한순간 하얗게 빛나고, 메이플은 엄청난 기세로 날아갔다.

"포, 폭발했어?"

거대한 물기둥이 치솟으면서 빗발처럼 물방울이 쏟아졌다. 보스의 공격은 사슬도 파괴하는 큰 기술이어서 메이플도 잘 풀려났다. 일반적으로는 산산조각 나도 이상하지 않지만, 말 그대로 날아가기만 했기 때문에 일단 태세를 재정비하기로 했다. 메이플은 【포식자】를 돌려보내고 상대가 잠수한다면 이쪽은 하늘로 가겠다며 시럽의 등에 타서 공중으로 올라간다.

"와, 깜짝이야……. 하지만 이걸로 거리를 벌렸어!"

이곳이라면 닻도 닿지 않을 것이라며, 메이플은 아래의 상황을 확인한다. 아무래도 보스는 정기적으로 지상에 부상하는 듯한데, 그 직전에는 전조로 수면이 퍼져서 어디서 나올지 예상하기 쉽다.

메이플의 예상대로 닻은 멀리 떨어진 공중까지는 사슬을 뻗지 못하는 듯, 이에 따른 폭발도 일으키지 못하게 하는 형세가 완성됐다.

"한동안 여기서 HP를 줄일까. 잠수하고 기습하면 피할 수도 없고……."

메이플은 아까 전개했다가 곧바로 산산이 부서진 병기를 다시 전개하고 부상하는 적을 빔으로 쏜다. 그러나 그것은 급하게 생성된 물의 돔에 막히고, 치솟은 물기둥이 사라졌을 무렵에는 보스가 또다시 수중으로 피난했다.

"반응이 별로야……. 이건 틀렸을지도."

유효타가 없다고 느낀 메이플은 자신도 아직 안전지대에 있는 것을 이용해 어떻게 대미지를 줄지 생각했다.

"나올 때 공격할 수밖에 없으니까…… 끙."

빔을 쏴도 막힌다면 일반 공격을 반복해도 의미가 없을 것임을 이해했다. 메이플은 좋은 스킬이나 시험해 볼 만한 아이템이 없는지 생각해 보고, 한 가지 작전을 떠올렸다.

"좋아. 이거라면!"

메이플은 아래가 잘 보이도록 시럽의 구석으로 이동한 다음 단도를 바닥으로 향하게 했다.

"【히드라】!"

메이플이 날린 독덩어리는 바닥에 충돌해 터지고 독늪을 퍼 뜨린다. 메이플은 그대로 쿨타임이 돌 때마다 위치를 바꿔 【히 드라】를 쐈다. 그렇게 하면서 넓은 콜로세움도 독으로 뒤덮이 게 되었다.

그대로 한동안 상황을 지켜보고 있을 때, 독 아래에서 물이 퍼지고 보스가 모습을 드러냈다. 그러나 나온 곳은 예전과 다 르게 독극물로 뒤덮인 곳이어서, 부상과 동시에 몸이 독에 침 식당해 되돌아간다.

"좋아, 성공!"

보기 끔찍한 광경이지만, 공격받지 않고 일방적으로 상대에 게 대미지를 주는 방법으로는 최선책이라고 할 수 있다. 부상 할 때마다 몸이 독에 침식당하고 조금씩 HP가 줄어들지만, 멀 리 떨어진 공중에 있는 메이플에게 대항할 수단은 없는지 스스 로 독을 묻히고 잠수하는 행동을 반복하기만 했다.

"요새는 안 통하는 일도 많아졌으니까, 오랜만에 통해서 다 행이야."

대미지 자체는 별로 크지 않지만, 메이플도 기다리는 데는 익숙하다. 지구전이라면 바라는 바이며, 이번에는 그냥 기다리기만 하면 되니까 어려울 일이 전혀 없다.

"뭔가 없을까?"

메이플은 보스를 방치하고 시간을 죽일 아이템을 찾아서 인벤토리를 봤다. 그곳에는 평소 카나데와 같이 놀 때 쓰는 퍼즐과 이런저런 감상용 아이템, 먹을 것이 한가득 들어 있었다. 소재는 이즈에게 주거나 돈으로 바꾸기 때문에 오락용 아이템이 태반이다.

메이플은 그중에서 몇 가지를 꺼내고 시럽의 위에서 느긋하게 지낼 태세로 진입했다.

"일단 할 수 있는 일은 해두자. 【애시드 레인】!"

마지막에는 하늘에 산성비를 뿌리고, 메이플은 보스를 지옥에 내팽개친 상태로 이번에야말로 느긋하게 지내기 시작한다.

그리하여 보스가 자멸하기를 느긋하게 기다리고, 마침내 빛이 되어 소멸했을 때는 상당히 오랜 시간이 지나 있었다.

메이플 본인은 그동안 엎드려서 수중에 있는 아이템으로 놀았기 때문에, 보스가 죽을 때 나는 쨍그랑 소리로 전투가 끝났음을 알아채고 몸을 슥 일으켰다.

"끝났어! 아, 어디서 죽었을까?"

메이플이 미처 생각하지 못했다며 아래를 봤다. 그러자 보스가 마지막으로 있었던 곳에 물웅덩이가 생겨서 드롭 아이템을 찾아 콜로세움을 돌아다닐 필요가 사라졌다.

메이플은 그곳에 시럽을 내리고 뭔가 없는지 독늪을 걸어간다. 얼마 후, 메이플은 보라색 늪에서 다른 무언가가 빛나는 것을 알아채고 뛰어가서 주웠다. 그것은 미니 사이즈 인간도 잠수함도 아닌, 손바닥만 한 크기의 기묘한 검은 상자였다.

"어디서 여는 거지……?"

메이플은 그것을 찬찬히 관찰해 봤지만, 어딘가 열릴 만한 곳도, 열쇠 구멍 같은 것도 전혀 찾지를 못했다.

"아무튼 챙겨서 가져가자."

인벤토리에 넣기만 하면 되니까 이상한 디버프가 걸리지 않는 한은 가져가도 딱히 곤란할 일이 없다. 그리하여 『로스트 레거시』란 이름의 아이템을 입수한 메이플은 다음에 꼭 미니 잠수함이 손에 들어오기를 빌고, 조금 더 빨리 잡을 방법을 생각하며 던전을 나섰다.

# 8장 방어 특화와 레이드 보스.

메이플은 레이드 보스를 잡으면서 미니 몬스터를 수집하는 나날을 보냈는데, 장기간 개최된 제9회 이벤트도 마침내 마지막 날을 맞이했다. 마지막 날이란 즉, 마지막 레이드 보스 토벌이 있다는 뜻이다.

이에 대비해서 길드 홈에 모인【단풍나무】멤버들은 출발에 앞서 작전을 짰다.

"보스는 나날이 강해지고 있으니까 말이야. 마지막 날인 오늘은 여태까지 나온 것 중에서도 가장 강한 녀석이 나오지 않을까?"

"나도 그럴 것 같아. 마지막이라면 플레이어도 꽤 모이겠지. 그것에 대항하려면……."

수많은 플레이어가 주위를 포위해도 싸울 수 있을 만큼의 HP와 우수한 범위 공격을 보유할 것으로 예상된다. 그렇더라도【단풍나무】의 작전은 오로지 하나뿐이다.

"언제나처럼 마이와 유이를 최대한 지켜서 공격하게 하는 방법으로 갈게요!"

레이드 보스를 때려눕히는 데 있어서도 현실적으로 두 사람을 능가하는 딜러는 존재하지 않는다. 메이플, 크롬을 중심으로 대미지를 무효화하는 마도서를 지닌 카나데와 아이템으로 방어하는 이즈. 나아가 서브 딜러로 설치물이 있으면 제거하고 공격을 튕겨내는 역할을 맡는 카스미와 사리를 배치해 보스가 있는 곳으로 마이와 유이를 보내는 것이다.

일단 보스 근처까지 도착하면 죽을 때까지 계속되는 필살기급 대미지의 일반 공격으로 HP를 날릴 수 있다.

""히, 힘낼게요!""

이것은 두 사람만이 할 수 있는 역할이어서, 마이와 유이는 바짝 긴장했다. 레이드 보스전에 여러 번 참가하면서 이 공격력을 의지하는 것은 비단 【단풍나무】 멤버들만이 아니었다. 이보다 믿음직한 아군은 없는 것이다.

"그럼 출발하자!"

만에 하나라도 지각하는 일이 생기지 않게 여덟 명이서 조금 일찍 이동하고 레이드 보스의 출현을 기다리기로 한다.

현재 8인 이동에서 가장 빠른 속도를 내는 방법은 하쿠를 타고 가는 것이므로, 【초거대화】로 거대한 하얀 뱀이 된 하쿠를 이용해 레이드 보스가 출현하는 위치에 도착한다. 레이드 보스의 출현 위치에 따라 시럽이나 하쿠를 타고 찾아가므로, 이 뱀을 보면 【단풍나무】가 왔다고 모든 플레이어가 눈치챌 정도가 되었다.

플레이어 중에는 이제 다 이겼다고 승리 선언을 하는 사람도 있거나 한다. 물론 뱀의 머리 위에 뜬 대형망치가 보이면 그렇게 생각하는 것도 이상하지 않지만.

레이드 보스조차 말 그대로 깨부수는 것을 이벤트 기간에 몇 번이고 봤으니까, 신뢰할 수 있는 화력이라고 널리 알려진 것이다.

"벌써 사람이 꽤 있어."

"그러네. 일찍 도착한 줄 알았는데, 다들 생각하는 게 똑같은 걸까?"

주위에 아군이 많으면 하쿠의 커다란 덩치는 방해가 된다. 그래서 카스미는 하쿠가 머리를 바닥에 대게 하고 모두를 내리게 한 다음, 하쿠를 반지로 돌려보냈다.

"어떤 보스가 나올지 모른다. 지금은 일단 돌려보내마."

그 덩치만큼 하쿠의 전투는 단순해서, 기본적으로는 높은 스테이터스를 살려서 공격을 맞고 반격하는 스타일이다. 상대의 공격을 피할 기동력이 없으니까 상황을 보고 나서 내보내도 문제는 없으리라. 설령 내보내지 못하더라도 카스미 역시 강해졌으니까 어떻게든 할 수 있다.

이제는 수많은 플레이어와 함께 레이드 보스가 나타날 때를 기다리기만 하면 된다.

자기 길드 멤버들과 전략에 관해서, 몬스터의 경향에 맞춘 움직임을 이야기하는 사람이 많은 가운데, 하쿠의 모습을 봤는지 메이플 일행을 찾아오는 플레이어도 있다.

"메이플네도 왔습까! 오늘도 기대하겠습다!"

"안녕하세요……. 벨벳 씨가 이야기하러 가자고 해서요."

"아, 벨벳! 응, 다 같이 힘낼게!"

메이플은 길드 멤버의 얼굴을 힐긋 보고 패기 있게 말했다.

"저는 별다른 일을 할 수가 없으니까, 무슨 일이 생기면 벨벳 씨를 도와주시면…… 좋겠어요."

레이드 보스는 상태이상이나 이동, 스킬 봉인 효과에 강한 내성을 지녔다. 안 그러면 히나타만큼은 못 되어도 그럭저럭 많이 있는 디버프 전문가들이 모두 디버프를 걸고, 보스가 옴짝 달싹 못 하게 봉쇄할 수 있기 때문이다.

히나타는 더욱 특화된 것이 발목을 잡아서, 레이드 보스전에서는 지금까지 함께 싸웠을 때처럼 강한 존재감을 드러내지 못했다.

"말은 이렇게 해도 믿음직하니까요. 히나타가 뭔가 정했을 때는 강하게 밀어붙였으면 좋겠습다!"

"응!"

그렇게 벨벳 일행과 서로에 관해 이야기하고 있을 때, 다른 방향에서 낯익은 사람이 찾아온다.

"안녕, 레이드 보스전도 이제 마지막이군. 이번에는 사람이 제법 많이 모였나 본데."

찾아온 사람은 릴리와 윌버트였다. 이번에는 이미 릴리가 깃

발을 들고 월버트가 집사 차림이니까, 딜러는 릴리인 듯하다.

"【래피드 파이어】사람들도 꽤 많이 온 것 같네요."

사리는 릴리가 걸어온 곳을 보는데, 최근 레이드 보스 토벌전에서 본 길드 멤버가 뭉쳐 있었다.

"마지막이니까 말이지. 게다가…… 이번에는 엄청난 거물의 예감이 들지 않나?"

이번 레이드 보스의 출현 위치에 퍼진 물웅덩이는 수십 미터가 될 정도의 크기로, 지금까지 있었던 것들을 훨씬 웃돈다. 그렇다면 강한 것이 나와도 이상하지 않은 셈이다.

"그러네요. 우리 모두 정신을 바짝 차리죠."

"사리 씨네 방어 능력이 더 뛰어나니까, 우리는 실수로 죽지 않게 해야겠죠."

"물론이다. 다만 이만한 플레이어에게 어떻게 대항할지 조금 기대되기도 하는군. 어이쿠, 【염제의 나라】와 【집결의 성검】도 왔나."

멀리서 또다시 인원이 많이 뭉친 것이 보인다. 그 근처에는 각각 빛을 두른 용과 불똥을 날리는 불사조가 있어서, 어느 길드인지는 한눈에 알 수 있다.

7층에 있는, 하나하나가 고레벨인 플레이어들. 최대 전력이라고 할 수 있는 모두가 모여서 레이드 보스가 출현하기를 기다리고 있었다.

"얼마 남지 않았군. 다 끝난 다음에 살아남았다면 이야기나

해 볼까."

"네. 꼭 그러죠."

릴리는 대화를 중단하고 자기 길드 사람들이 있는 곳으로 돌아간다. 벨벳 일행도 마찬가지로 마침 이야기가 끝났는지 손을 흔들며 떠나갔다.

"슬슬 다 됐네."

"응. 메이플, 방어는 맡길게."

"맡겨줘!"

선제공격에 대응하기 위해 메이플이 【헌신의 자애】를 발동하고 얼마 후, 퍼진 물웅덩이가 희미하게 빛나더니 중심에서 파문이 발생한다. 이어서 물기둥이 치솟고, 안에서 나타난 것은 근육질에 삼지창을 든, 주위의 물을 격류처럼 다루는 거인이었다.

그 자리에 있던 모두가 이전과의 격차를 느끼는 가운데, 보스의 머리 위에 커다란 물구슬이 생성되더니 지금껏 본 이벤트 몬스터가 대량으로 소환된다.

그와 동시에 출현한 모든 몬스터의 머리 위에 HP 막대가 표시되고, 마지막 레이드 보스전이 시작되었다.

레이드 시작과 함께 보스가 하늘을 향해 창을 찌르자 그것과

연동해 보스의 주위에 물이 대량으로 발생하고, 쓰나미가 되어서 단숨에 사방을 쓸어 나간다.

"메이플!"

"【피어스 가드】, 【헤비 보디】!"

척하고 딱 알아듣는 호흡으로 사리가 원하는 것을 알아채고, 메이플은 완전한 방어태세로 쓰나미를 막아냈다.

넉백, 방어 관통을 무효화한 메이플과 【헌신의 자애】가 지키는 일곱 명은 그 공격을 무사히 넘어갔지만, 주위에 있던 플레이어들은 그렇지 않다. 메이플이 【헌신의 자애】로 지키는 것은 같은 파티 멤버뿐이어서, 물의 벽을 잘 피하지 못한 플레이어는 쓸려나가 후방에 쓰러져 있다.

"다들! 괜찮아?!"

"덕분에 말이지! 그나저나 초장부터 거친걸!"

메이플과 크롬은 탱커로서 마이와 유이를 보스가 있는 곳으로 데려가야 한다. 보스는 용솟음친 물 때문에 보이지 않지만, 허리 언저리부터 지면과 이어진 상태로 이동할 기색이 없다. 그 대신이라는 듯이 머리 위에 있는 물구슬에서 몬스터가 떼로 나오는데, 그것들이 차례차례 다가오기 시작한다.

물구슬에도 HP가 있는 듯, 먼저 그것을 파괴하지 않으면 플레이어의 강점인 다수의 유리함을 살릴 수 없다. 지금도 여러 플레이어가 진형의 재구축을 시도하면서 다가오는 몬스터를 대처하느라 바쁘다.

"어이, 먼저 저걸 부수지 않으면 시작할 수 없어."

"여기선 기계신도 안 닿아!"

쓰나미를 버틴 메이플 일행과도 거리가 상당히 떨어져 있으니까, 쓸려나간 플레이어들이 봤을 때는 그보다도 더 거리가 멀다. 마법 공격도 닿지 않는다.

그런 가운데, 유일하게 물구슬에 대미지를 주는 플레이어가 있었다.

"윌버트 씨!"

"저게 맞아? 엄청나군⋯⋯!"

릴리가 소환한 병사들로 벽을 만들어 쓰나미를 막고, 곧바로 장비를 변경해 시위를 당긴 것이다. 메이플의 기계신보다 사거리가 긴 활로 쏜 화살은 빨간빛을 내며 일직선으로 날아가 정확하게 물구슬을 관통했지만, 그 HP는 기대한 것보다 훨씬 낮은 대미지를 받았다. 이래서는 몇십 발을 쏴야 할 필요가 생긴다. 몬스터를 일격으로 날릴 위력이 있는데 아무래도 이건 조금 이상하다고, 사리는 느꼈다.

"원거리 공격 대미지가 줄어드는 걸지도 몰라."

"저렇게 높은 곳에 있는데?!"

"윌버트, 였던가. 들어본 공격력을 생각하면 가능성이 없지는 않은데⋯⋯."

"이야기 중에 미안하지만, 뭔가 또 오는 것 같아!"

카나데의 목소리를 듣고 모두가 고개를 들자 보스가 다시 창으로 하늘을 찌르고, 이번에는 하늘에서 물로 된 창이 대량으로 쏟아진다.

이번에도 메이플 일행은 무사히 넘어갔지만 여기저기서 플레이어들이 관통 공격이라고 하는 소리가 들렸다. 회피하지 못할 정도로 빽빽하지는 않지만 다 피할 수 있다고 장담할 수 없는 것으로부터 마이와 유이를 지키려면【헌신의 자애】를 해제하기 어렵다.

"아무튼 하나씩 해결할 수밖에 없나. 메이플, 뭐가 있을지 모르니까 크롬 씨랑 같이 방어에 전념해!"

제자리에서 방어에 전념하면 앞에 선 두 사람의 방패로 물의 창을 막을 수 있으리라. 마이와 유이만 지키면 언제든지 역전할 기회가 있다. 그러나 현재 상황을 타개하는 것이 급선무다. 이럴 때는 한쪽에서 리스크를 감수하고 움직이고, 다른 한쪽이 안전을 중시하는 것이 최선책이리라.

"응, 사리는?"

"물구슬 파괴를 노려 볼게. 예상이 빗나가면 돌아올 거야."

당연하다는 듯이 말한 사리에게, 메이플은 기대한다는 뜻을 드러내 웃으며 힘내라고 대답했다. 아까 본 물의 창과 쓰나미, 대량으로 등장한 몬스터를 보고도 문제없다고 말할 수 있는 것은 사리이기 때문이리라.

"그렇다면 뭔가 있을 때를 대비해서 나도 가지. 지원 정도는 할 수 있을 거다."

카스미는 사리를 따라가기로 했다. 공격력을 봤을 때는 마이와 유이가 있으면 충분하다. 그렇다면 사리와 마찬가지로 【AGI】를 올려서 기동력을 확보한 카스미가 유일하게 사리의 옆을 따라갈 수 있을 것이다.

"알았어. 가자. 다른 플레이어들도 피해를 많이 봤어."

메이플 덕분에 레이드 시작 전과 변함없는 상태를 유지하고 있는 지금이 바로 가야 할 때라며, 사리와 카스미는 【헌신의 자애】 범위에서 뛰쳐나가 레이드 보스를 향해 달려간다.

앞으로 튀어나온 사리와 카스미와 마찬가지로 이대로 무한정 소환되는 잡몹을 상대할 수는 없다고 판단한 플레이어들이 각 길드의 집단에서 앞으로 나선다. 각자가 자신의 주특기를 살리는 형태로 보스에게 접근을 시도하는 것이다.

"【무사의 팔】, 【혈도】!"

달리면서 일본도를 액체 형태로 잡고, 카스미는 다가오는 몬스터에 선제공격을 날린다. 카스미는 사리와 비교해서 공격 사거리와 범위가 뛰어나고 효과가 강력한 스킬도 많다. 그만큼 사리는 본인의 능력으로 커버하는 셈이지만, 이러한 상황에서는 카스미의 힘이 유용하다.

"주위는 나한테 맡겨도 된다!"

"고마워. 큰 기술은 내가 볼게."

공격하는 도중에 보스가 또다시 창을 높이 들고, 이번에는 물이 얇게 퍼지며 바닥 곳곳에서 거품이 올라오기 시작한다.

"카스미, 이쪽! 딱 달라붙어서 와!"

"오냐!"

카스미도 지금까지의 경험으로 사리의 판단을 믿고 있다. 시간차 없이 그 뒤를 따라잡자 그 직후에 간헐천처럼 물이 치솟는다. 사리는 그 틈새를 훌쩍훌쩍 빠져나가며 보스와의 거리를 더욱 좁혀 나간다.

남은 거리는 앞으로 10미터 정도. 그러나 물구슬까지 치면 높이 10미터가 추가로 필요해진다. 도약으로는 도저히 닿지 않으리라.

다만 사리와 카스미처럼 수많은 몬스터와 보스의 맹렬한 공격을 잘 피해서 여기까지 온 플레이어들이 더 있었다. 그렇다면 협력하는 것도 자연스러운 흐름이다.

"사리! 또 만났슴다!"

"벨벳, 히나타!"

사리로서는 벨벳이 뛰쳐나온 것은 예상대로지만, 히나타도 있는 것은 조금 예상 밖이었다. 히나타는 어떤 원리인지 공중에 떠서 벨벳의 옆에 착 달라붙고, 벨벳의 이동 속도에 맞춰서 따라온 것이다.

"어, 본 적이 없는 것을 하고 있네……."

"히나타도 따라오게 했슴다!"

"이동만으로 눈이 핑핑 돌 것 같아요……, 이야기할 상황이 아니네요."

벨벳과 히나타의 목적도 물구슬을 부수는 것이다. 그렇다면 여기서 시간을 낭비할 여유는 없다.

"【얼음계단】."

히나타가 스킬을 발동하자 보스의 주위를 따라서 올라가듯 얼음으로 된 계단이 출현한다. 이러면 누구든지 문제없이 저 높은 곳까지 갈 수 있다.

"고마워! 카스미!"

"그래. 감사히 쓰도록 하마."

"우리도 가겠슴다!"

벨벳과 그 옆에서 중력 조작으로 둥실둥실 부유하며 말 그대로 착 달라붙은 히나타를 더해서, 사리와 카스미는 얼음계단을 뛰어 올라간다. 벨벳은 평소처럼 주위에 대량의 벼락을 떨어뜨리고 있어서 잡몹이 다가올 수 없으므로, 적들은 원거리에서 물로 브레스 같은 것을 쏘면서 공격하기 시작한다. 사리, 카스미, 벨벳은 각자가 기동력이 뛰어나 불안정한 발판 위에서도 그 브레스를 능숙하게 피한다. 히나타는 기동력이 없지만, 벨벳의 움직임에 완전히 동조한 상태이므로 문제없이 따라갈 수 있다.

"【얼음벽】!"

나아가 얼음과 중력으로 공격을 방어하고, 세 사람을 지원했다. 아래에서도 다른 플레이어들이 계단을 타고 올라오는 가운데, 네 사람은 물구슬 근처에 도착했다. 물구슬에는 벨벳의 벼락이 떨어지고 있지만 여전히 대미지는 거의 들어가지 않는다.

"【중력제어】!"

"아무튼 【중쌍격】임다!"

히나타의 스킬에 의해 조금 떠올라 물구슬에 접근한 벨벳은 그대로 연타를 때려 박았다. 부유하기만 하는 거라서 이동 속도는 나지 않지만, 여기까지만 오면 문제없다.

그러나 예상과는 다르게 대미지는 많이 들어가지 않아서, 레이드 보스라는 이유로 높이 설정된 HP를 다 깎으려면 아직 상당히 오랜 시간이 걸릴 것으로 예상됐다.

"으, 예상이 빗나갔습다…….."

"어쩔 거지? 언제까지고 여기 있어서는 다 피하기 어렵지 않나?"

현재는 벨벳이 물구슬 근처에 있어서 낙뢰 범위에 물구슬과 보스가 있고, 각각에 대미지를 주면서 소환되는 잡몹을 즉각 처리할 수 있는 상태다. 그것은 잘된 일이지만, 히나타의 스킬에도 시간제한이 있다. 얼음으로 된 계단과 중력을 영원히 유지할 수는 없다.

"최대한 시험해 보자! 벨벳, 몬스터의 주의를 끌어줘!"

"알았습다!"

사리는 벨벳에게 외치고 그대로 도약해 보스와 비슷하게 물을 생성하고 공중을 헤엄친다. 회피하기 어려워지는 그 한순간에 날아든 브레스는 벨벳과 히나타에게 떨어뜨려 달라고 하고, 사리는 물구슬 바로 위로 다가가 스킬을 발동한다.

"【빙결영역】!"

사리는 주위에 냉기를 뿌려서 바로 아래에 있는 물구슬을 얼렸다. 얼음을 만드는 스킬과는 조금 다르게 물체를 얼리는 스킬. 그것은 보스의 물구슬도 얼려서 커다란 얼음덩어리로 바꿨다.

"이러면 어때! 【퀸터플 슬래시】!"

"【진동권】!"

"【마지막 태도 · 어스름달】!"

얼어붙으면서 성질이 바뀐 탓인지 단숨에 대미지가 잘 들어가고, 세 사람이 날린 기술이 눈에 띄게 대미지를 주었다. 이렇게 앞으로 몇 번 반복하면 파괴로 이어질 수 있으리라.

"통한다!"

"아니, 잠깐만. 뭔가…… 【심안】!"

얼어붙은 구체 중심에 파르스름한 빛이 보인 것을 놓치지 않은 카스미는 공격을 예측하고 스킬을 발동했다. 그 직후, 카스미의 시야가 예정된 공격 위치를 나타내는 빨간색으로 뒤덮였다.

"아뿔싸! 멀리 떨어져!"

그것에 한발 먼저 반응한 사리, 이어서 몸을 날리는 벨벳. 그러나 애초에 발판이 없는 곳은 플레이어들에게 불리해서, 멀

리 떨어지기 전에 얼음이 안에서 터진다. 그리고 원래대로 돌아온 물구슬을 중심으로 공중에서 소용돌이치듯 칼날로 변한 물이 사방에 뿌려진다. 맞으면 치명상. 그것을 깨달은 네 사람이 제각기 방어태세를 취한다.

"오보로, 【행방불명】!"

"【패링】!"

"【얼음벽】……!"

"【삼태도 · 초승달】!"

제각기 필드에서의 소실, 튕겨내는 물리 방어, 도약으로 넘어가기 등, 자신들의 스킬로 대처를 시도해 보지만 칼날이 너무 많아 직격을 피할 수 없음을 확신했다.

뭔가 방법이 없는지 생각하고 있을 때, 양쪽에서 날아든 불과 빛이 한순간에 칼날을 날려 버리며 네 사람을 그대로 급하게 이탈시켰다.

대체 무슨 일인가 싶어서 사리와 카스미가 고개를 들자 【집결의 성검】 멤버 네 사람이 눈에 들어왔다.

"야호. 또 아슬아슬하게 플레이하는걸. 살았어?"

"설마 하늘을 날아서 오는 것보다 빠를 줄은 몰랐다."

"결국, 공중은 소환된 몬스터가 너무 많아서 귀찮았지……."

사리와 카스미는 거대화한 레이의 등에 있었다. 두 사람이 원래 있었던 곳을 돌아보자 그곳에는 이그니스와 【염제의 나라】

멤버들이 있어서, 벨벳과 히나타는 그쪽에서 구조된 듯했다.

"지난번 이벤트에 이어서 두 번째인가. 달리는 건 봤지만, 생각했던 것보다 빨라서 놀랐다."

"또 도움을 받았네요. 고맙습니다."

"괜찮다. 하지만 이번에는 우리를 도와줬으면 좋겠군."

"동결 말이죠? 괜찮아요. 다시 접근할 수만 있다면."

히나타의 발판은 사라졌지만, 그 대신에 레이와 이그니스가 있으니까 다시 접근할 수 있었다.

"그러면 다른 사람들한테도 공격하라고 전달할게. 노츠, 【전서구】."

프레데리카는 자기 머리에 올라탄 작은 노란 새를 집결의 성검 길드 멤버들에게 보내고 다시 접근하기를 기다린다. 미이 일행도 똑같이 생각한 듯, 몬스터를 토벌하면서 주위를 돌고 기회를 엿보고 있다.

"좋아. 가자!"

페인은 미이 일행에게도 손으로 신호를 보내고 레이를 단숨에 돌진시켰다. 사리가 접근하면서 다시 얼린 물구슬에 열두 명이 총공격을 가한다. 그것에 맞춰 다음 동결 타이밍을 전달받은 길드 멤버들과 그때를 기다리던 플레이어들이 대량의 마법과 스킬을 날려서 HP가 확 줄어들고, 보스 격파의 전 단계인 물구슬의 HP가 한 눈금 정도만 남는다. 그것과 동시에 얼음이 물로 돌아가고, 다시 대량의 물이 발생해 확산한다.

원래부터 물이 뭉쳐 있었던 곳의 중심에는 아까와 동일하게 소용돌이치는 물의 칼날과 잔잔하게 조금 남은 물이 지키는 파란 코어 같은 것이 있어서, 그것을 부수면 되는 것임을 알 수 있다.

HP를 깎아내며 만드는 큰 기술로 추정되는 대량의 물은 단숨에 그 자리에 있던 모두를 지나쳐 공중으로 올라가고, 그 타이밍에 보스가 창을 높이 휘두르자 이전을 훨씬 웃도는 물의 창이 하늘이 출현한다. 그리고 동시에, 공격하려고 접근하던 플레이어들을 꾸짖듯이 바닥에서도 변화가 발생한다.

도망칠 곳이 어디에도 없는 공격. 위력은 모른다. 범위는 거의 전부. 그것을 본 사리는 표정을 딱딱하게 굳혔다.

레이와 이그니스를 타고 범위 밖으로 도망치기 어렵다고 판단한 미이와 페인은 제각기 대미지 무효화 스킬을 써서 버티려고 한다. 하지만 두 사람의 스킬이 수호하는 대상은 같은 파티 멤버와 그 소환물뿐이다.

"우리는 대상이 되지 않아……!"

"이걸 다 피하려면 죽어날 것 같습다!"

"최대한 지원하마!"

"이쪽도 그러지. 부탁하지."

마르크스는 즉석에서 발판과 벽을 생성하고, 미저리는 무차별로 대미지 경감 필드를 깔았다.

신과 미이는 최대한 많이 격추할 태세다.【집결의 성검】에서는 드라그가 바위로 변하고, 드레드는 사리와 비슷한 스킬로 발판을 만든다. 프레데리카와 페인은 장벽을 만드는 자세를 보였다.

사리는 같은 파티가 아닌 인원에게 이만한 지원이 금방 가능하다는 사실에 상상 이상이라며 놀라고, 다소 불리하더라도 살아남고자 나머지 세 사람에게 눈짓으로 신호를 보냈다.

만들어진 대량의 발판과 레이, 이그니스를 타고 넘으면서 쏟아지는 물의 창을 끝까지 피하는 것이다.

코어만 어떻게든 처리하면 된다고 생각하면서, 이 위기를 극복하는 것을 전제로 설계했을 거라며 한 방 먹었다는 듯이 얄미워하는 눈으로 코어가 있는 쪽을 재확인한다.

그 순간, 빨갛게 소용돌이치는 칼날의 아주 작은 틈새를 지나 코어를 꿰뚫는 것이 보였다.

사리의 눈이 휘둥그레진 가운데, 하늘에 떠 있는 물의 창이 절반 정도 소멸하면서 단숨에 회피할 공간이 넓어진다. 사리는 이런 일이 가능한 사람이 한 명밖에 없다고 생각하면서, 이렇게 상황이 좋아졌는데 창에 맞을 수는 없다며 집중했다.


"꿰뚫었군. 역시 윌이다."

"휴…… 그러게요. 활 유저의 체면은 지켰습니다."

윌버트는 한 차례 숨을 크게 내쉬고 릴리와 장비를 교체했다.

"윌이 이만큼 해 줬으니 잘 피하겠지."

"기대하죠. 이쪽은 잘 부탁합니다."

"그래. 맡겨만 두어라."

릴리는 대량의 생명 없는 병사들을 생성해 방패로 씀으로써 플레이어들을 지킬 준비를 시작한다. 윌버트는 자기 임무를 다했다. 지금부터는 더 많은 전력을 릴리가 지킬 차례다.

"역시 숫자가 제일이지. 이만큼 많은 플레이어가 있으니, 그걸 지키는 것이 합리적이겠지?"

"네. 물론이죠."

그렇게 말하고 릴리는 쏟아지는 물의 창과 치솟는 격류를 무한정 생성해 쓰고 버릴 수 있는 병사들이 대신 맞게 해서 주위에 있는 모든 플레이어를 지켰다.


"굉장한걸. 진짜 빡셀 줄 알았는데 벌써 부쉈잖아."

"사리네도 무사한가 봐."

이즈는 쌍안경으로 거인의 머리 근처를 관찰한다. 그곳에서는 무사히 물의 창을 다 피한 듯한 두 사람이 제각각 다시 지상으로 돌아가는 것이 보였다.

메이플 일행도 당연히 문제없이 공격을 버텨서, 지금부터는 이쪽에서 보스를 향해 침공할 차례다.

"넉백으로 밀려날 때나 관통 공격을 맞을 것 같을 때는 내가 막으마. 걱정하지 말고 전진해도 돼!"

"네!"

크롬도 【멀티 커버】와 같은 스킬로 여러 사람을 감싸서 방패로 막을 수 있다. 【피어스 가드】의 쿨타임이 돌아가는 중에는 메이플이 방패를 들고, 관통 공격에 맞을 것 같은 때는 길드 멤버를 크롬이 감싸 방패로 막아 메이플에게 대미지가 들어가지 않게 움직여서 보스와의 거리를 조금씩 조금씩 좁혀 나간다.

물구슬을 격파하면서 몬스터 소환은 멈췄지만, 그 대신에 쓰나미와 물기둥이 강화되었다. 나아가 보스가 손에 든 커다란 창을 휘두르는 공격이 추가되어 여기저기서 사망하는 플레이어가 나타나기 시작했다.

"물의 창이 와! 나 말고 다른 사람들을 부탁해, 【천사의 수호】."

"으어어, 【멀티 커버】!"

크롬은 방패를 들어 공격에 맞으려고 하는 마이와 유이를 감쌌다. 메이플은 이즈를 감싸고 방패로 단단히 막아서 대미지를 받지 않았고, 카나데는 【아카식 레코드】의 스킬로 공격 자체를 소멸시켜 대처했다.

공격은 제법 격렬해서, 마법이나 활에 의한 원거리 공격, 비행 능력이 있는 테이밍 몬스터로 공중에서 치고 빠지는 방식이 주로 이루어지고 있다. 사리 일행이 【집결의 성검】, 【염제의 나라】 멤버들과 함께 땅과 하늘을 오가며 빈틈을 찌르고 착실하게 대미지를 주고 있지만, 역시나 레이드 보스인 만큼 완전히 해치우기에는 공격이 부족한 듯했다.

이 상황을 바꾸려면 보스의 공격을 잠시 중지시키고, 모든 플레이어가 일제히 공세에 나설 필요가 있다. 그러기 위해서도 마이와 유이의 일격이 필요하다.

그러나 가까이 갈수록 보스의 공격은 치열해지고, 쏟아지는 창이 늘어나고, 치솟는 물기둥의 틈새가 좁아지고, 쓸어 버리는 물살도 강해진다.

"나와 메이플이 막아서 대미지는 받지 않지만, 넉백이 너무 힘들어!"

메이플이 【헤비 보디】를 쓰면 움직일 수 없게 되는 데다가, 애초에 쿨타임이 돌아가는 중에는 무효화할 수조차 없다. 그래서 넉백 간격이 짧으면 힘들 수밖에 없는 것이다. 현재로서는 잘 대처해서 대미지 자체는 받지 않고 접근하고 있지만, 섣불리 다른 수단을 써서 상황이 변하지 않게끔 신중하게 방법을 모색하고 있다.

그러고 있자 조금 떨어진 곳에서 목소리가 들렸다.

"뭐지? 꽤 쩔쩔매는 것 같다만."

"릴리 씨!"

"내가 길을 만들마. 안 그랬다간 언제까지 지킬 수 있을지 모르니까."

릴리는 병사를 더 불러서 명령을 내리고 공격을 대신 받아 상쇄시켜 나간다.

"자, 전진해 주겠나? 되도록 빨리 이 성가신 물을 막아주면 좋겠군."

"알겠어요! 다들, 가자!"

"그래. 이러면 전진할 수 있다. 잘됐군!"

크롬과 메이플은 병사들에게 호위받으면서 길드 멤버들을 데리고 앞으로 나간다. 사정 범위가 얼마 남지 않았다.

"슬슬 나도 공격에 가담할 수 있을까?"

"그러네요. 도착을 기다리죠."

"그래. 그렇게 되면 후방에서 지원 사격을 해주자꾸나."

그리하여 릴리와 월버트는 병사들과 함께 물살을 가르며 전진하는 【단풍나무】 멤버들을 배웅한 뒤, 공격할 기회가 오기를 가만히 기다렸다.

그리고 몇 번이나 공격을 극복하고, 큰 기술을 피하면서, 마침내 메이플 일행은 보스의 아래에 도착했다. 여기까지 오면 할 일은 하나밖에 없다.

"서둘러서 버프를 걸게!"

"최대한 많은 마도서를 써볼까. 만에 하나라도 떨어뜨리지 못하면 큰일이니까."

"그래. 뒷일은 맡기마. 한 방 날려버려!"

"힘내!"

효과 시간이 짧은 대신 효과가 강력한 버프를 순서대로 걸어나간다. 한 개가 걸릴 때마다 마이와 유이가 주는 대미지가 부풀어 오르고, 걸 수 있는 버프를 다 건 상태가 됐을 때, 갖가지 오라가 피어오르는 위압감 넘치는 모습이 드러났다.

""갈게요!""

마이와 유이, 두 사람은 호흡을 맞춰 합계 열여섯 개의 대형 망치를 단숨에 번쩍 들었다.

""【더블 임팩트】!""

그것은 누구나 쓸 수 있는 기본 스킬이다. 그러나 명중한 순간에 보스가 두른 물이 전부 날아가고, 그것을 대신하듯 대량의 대미지 이펙트가 터진다. 몇 번을 봐도 정상이 아니라고 할 만한 압도적 화력에 마지막 날 레이드 보스조차 그 HP가 크게 깎이고, 몸이 기우뚱하면서 한쪽 무릎을 꿇고 창으로 몸을 지탱하는 게 고작이었다.

그것은 모든 플레이어에게 더할 나위 없이 알아보기 쉬운 반격의 신호였다. 지금까지 있었던 레이드 보스전에 본 적이 있는, 그 묵직한 일격이 박힌 증거였다.

지금부터 단숨에 몰아치고자 플레이어들이 활기를 되찾는 가운데, 메이플 일행도 더 일어나지 못하도록 추가 공격에 나선다. 그때, 그 자리에 사리와 카스미도 가까스로 합류할 수 있었다.

"메이플! 잘됐나 보네!"

"사리, 카스미! 무사해서 다행이야!"

"도움을 잘 받아서 말이지. 상황은?"

"지금부터, 총공격이야!"

그러자 사리와 카스미는 무기를 들고 허점을 크게 드러낸 보스를 돌아봤다.

주저앉은 보스에게 가장 먼저 공격에 나선 것은【염제의 나라】였다.

"하하, 재밌는 사람이었는걸."

"폭풍처럼 사라졌어……. 말 그대로."

히나타를 옆에 띄워 놓고서 자기 길드가 있는 곳으로 뛰어간 벨벳을 떠올린다.

"그쪽은 그쪽대로 알아서 하겠지. 우리도 이 좋은 기회를 놓치지 말고 가자!"

"네네! 해보실까,【붕검】!"

"할 수 있는 건 별로 없지만…… 아무튼 일어났을 때를 대비해 둘게."

"여러분은 가 주세요. 반격당해도 제가 회복과 부활을 맡을게요!"

물론 단독으로 능력이 뛰어난 미이가 있으니까 소수 전력으로도 싸울 수 있지만,【염제의 나라】멤버 네 사람의 주특기는 진형을 갖춘 집단전이다. 미저리의 회복, 마르크스의 함정은 그럴 때일수록 빛을 발한다. 보스의 코앞에 진을 치고 진형을 갖춘 지금, 보스가 일어나도 대처하면서 공격하는 것도 가능했다.

"웬,【저편으로 부는 바람】,【보이지 않는 검】이다."

"【염제】, 【염신의 불】!"

물론 신과 미이도 주위 사람들을 지원하지 못하는 것은 아니다. 신은 스킬 범위를 넓혀서 주위 플레이어들의 공격에 바람 칼날 대미지를 추가로 부여하고, 미이는 주변에 불길을 확산해 모두의 스테이터스를 비약적으로 상승시킬 수 있다.

릴리도 말했듯, 숫자는 곧 힘이다.

"해치우자!"

그런 미이의 호령에 맞춰, 모두가 공격을 시작했다.


【염제의 나라】가 공격을 시작한 가운데, 반대편에 진을 친 【집결의 성검】 역시 서둘러 공세에 나섰다.

"여기저기 버프를 걸어야 해서 바빠 죽겠는데~?"

"하하! 평소와 다르게 방어를 생각할 필요가 없는 만큼 편한데?"

"평소 생각하게 만드는 사람이 누구더라?"

"그걸 따질 상황이야? 일어나면 귀찮아진다고."

"그래. 우리도 시작하자. 레이, 【성룡의 가호】."

"섀도우, 【그림자 무리】."

"【버서크】! 어스, 【대지의 창】!"

제각기 자신들의 보유한 버프를 걸고 테이밍 몬스터를 부르는 가운데, 프레데리카는 노츠의 힘도 빌려 모두에게 다 걸더니 고개를 끄덕였다.

"팍팍 싸워~. 버프가 끊기면 금방 다시 걸어줄게~."

그러면 이제 잘 부탁한다며 자기 할 일은 다 마친 것처럼 느긋하게 있으려고 하는 프레데리카를, 드라그가 잡아당긴다.

"이대로 공격에도 참가해 달라고."

"아이참, 대우가 심하잖아~. 이만큼 크면 피할 리도 없을 테니까, 마음 편하게 과녁 맞히기 놀이나 해 볼까~."

평소에는 결투 때마다 사리에게 요리조리 잘 회피당하는 프레데리카지만, 다중 효과를 추가하고 나아가 노츠 덕분에 한번에 날릴 수 있는 마법이 늘어나 맞기만 하면 그 위력을 무시할 수 없다.

"페인, 타이밍을 잘 봐서 전부 옮길게. 그때는 잘 부탁해~."

"그래, 맡겨라."

모든 버프를 한 사람에게, 터무니없는 성능을 지닌 이 스킬은 대상이 많을수록 그 힘을 발휘한다. 즉, 지금은 풀스펙 상태다.

빛을 발하는 장검이 높이 들리고, 하늘까지 치솟을 듯한 빛이 보스를 가른다. 그것에 호응하듯이 〈New World Online〉 최대의 세력인 【집결의 성검】 길드 멤버들이 돌격을 시작했다.


다른 길드가 보스를 에워싸서 공격하는 가운데, 【단풍나무】는 정면에 위치를 잡고 하염없이 공격하고 있었다. 인원은 다른 길드보다 적지만, 그야말로 일기당천인 마이와 유이가 있으니까 대미지로는 꿀리지 않는다.

"아무리 애써도 저건 못 이겨!"

"이미 비교할 대상이 아닐걸."

카스미와 사리가 마이와 유이와 나란히 보스를 베는 가운데, 메이플은 후방에서 기계신의 병기로 전력 사격을 끝없이 퍼붓고 있다. 이즈는 미리 대량 생산한 폭탄을 던지고 있고, 크롬과 카나데도 공격에 가세한 형태다.

"아니, 나는 저만큼 화력에 공헌할 수 없지만, 카나데는 할 수 있잖아!"

"그야 옆에서 나랑 똑같이 생긴 아이가 애쓰고 있잖아? 소우, 【파괴포】! 뭐, 절약이야 절약. 게다가 내가 주는 대미지도 저기 두 사람과 비교하면 눈에 띄지 않는 수준이니까."

"할 수 있는 만큼 하면 돼. 아, 버프가 떨어졌네. 크롬, 근력 증가 포션을 던져줘."

"오냐!"

그렇게 여덟 명에서 대미지를 주고 있는데, 보스가 일어나 그 창을 내지른다. 표적은 당연히 가장 많은 대미지를 뽑은 마이와 유이다.

""괜찮아요! 【거인의 힘】!""

내지른 거대한 창끝에 각각 여덟 개의 대형망치가 부딪히고, 두 사람에게 줘야 할 충격이 전부 보스에게 돌아간다. 버프를 통해서 한계치까지 올라간 두 사람의 완력은 거인을 능가해서, 그 창을 받아친 것이다. 얼마 남지 않은 보스의 HP는 더욱 아슬아슬한 선까지 감소했다.

"좋아! 다 같이 밀어붙이자!"

메이플은 그대로 사격을. 사리, 카스미는 연타를. 크롬, 카나데도 각자 쓸 수 있는 스킬을 날리고, 이즈는 폭탄에 이어 추가 대미지 아이템을 아낌없이 사용한다.

""이걸로 끝!""

마지막으로 레이드 보스전 최대의 공로자인 마이와 유이가 대형망치를 휘두르고, 보스는 거대한 몸을 빛으로 바꾸면서 소멸했다.

## 에필로그

"다들 수고했어~!"

레이드 보스전이 끝나고 길드 홈으로 철수한 【단풍나무】는 이벤트 종료와 레이드 보스 격파를 축하하고 있었다. 특히 이번에 활약한 마이와 유이는 중심에서 정말 대단했다는 칭찬을 받아 수줍어하고 있다.

"여덟 개나 들고 왔을 때는 놀랐지만 말이야……."

"그래. 설마 그 화력으로 부족한 상대가 있을 줄은 몰랐어."

"앞으로 어떻게 될지 모르겠지만…… 나는 그런 몬스터는 별로 보고 싶지 않은걸."

마이와 유이에게 맞고도 사는 것은 레이드 보스 정도이길 바란다.

"아, 이벤트가 막 끝난 참이지만. 조만간 8층이 열린다고 해."

"아하, 8층이구나! 어디 보자, 이번 이벤트로 메달이 다섯 개 잖아. 그리고 8층에서도 뭔가 개방된다고 했지?"

"응. 뭔지는 가 봐야 알겠지만."

"어떤 곳일까?"

"나는 조금 예상되지만 말이야."

"어, 진짜?!"

"나도 조금은 그래."

메이플은 사리와 카나데에게 알려달라고 하지만, 이런 건 역시 실제로 보는 재미가 있다며 말을 돌렸다.

"일단은 던전 공략도 있거든?"

"그러네. 일단은 말이지."

그렇게 말하고 이즈와 크롬은 너스레를 떨듯 어깨를 으쓱하고 서로 얼굴을 쳐다본다.

보스는 대체 어떤 것이 나와야 마이와 유이의 공격을 버틸 수 있을까?

8층으로 가는 던전에 관해서는 딱히 걱정하지 않는다며, 【단풍나무】는 업데이트를 기다리기로 했다.

그리고 시간이 지나, 8층 업데이트와 함께 여덟 명이서 곧장 던전으로 향했다. 가는 길은 정말 참혹해서, 【헌신의 자애】가 지키는 마이와 유이가 전부 짓뭉개고 가루로 만들며 모든 몬스터를 격파하고 보스방에 도착했다.

"좋아. 이제 열게!"

"응. 나는 언제든지 좋아."

"그래. 언제나 그렇듯 버프는 최대한 걸었어."

버프 이펙트로 반짝반짝 빛나는 마이와 유이를 보고, 메이플은 문을 열었다. 보스방에는 슬라임처럼 점액으로 된 생물이 있는데, 7층답게 다양한 몬스터의 모습으로 변신해 싸우는, 카나데의 테이밍 몬스터와 비슷한 보스였다. 인간형, 짐승형, 마물에 가까운 모습으로 변화할 수 있고, 변화한 모습에 따라서는 하늘을 날거나 땅속에 파고들 수도 있다. 스테이터스와 보유한 스킬이 변화하므로, 그에 맞춰 전투 스타일을 조정해서 싸우지 않으면 허를 찔리고 만다. 다재다능하고 임기응변이 뛰어난, 강력한 몬스터라고 할 수 있으리라.

"오보로, 【구속결계】!"

"하쿠, 【마비독】!"

"소우, 【슬리핑 버블】."

"【패럴라이즈 샤우트】!"

"네크로, 【죽음의 무게】."

방에 들어가자마자 뿌려지는 대량의 상태이상 스킬. 다양한 형태로 변신할 수 있는 만큼 내성이 있는지 통한 것은 네크로의 이동 속도 감소 효과밖에 없었다. 그러나 이동이 느려진다는 것은 거리를 벌릴 수 없다는 뜻이며, 그것은 곧 파괴의 화신인 마이와 유이의 접근을 허용하는 것이다.

""【디스트로이 모드】, 【더블 스트라이크】!""

펑 소리가 나고 한참 변화 중이었던 슬라임이 그 점액과 함께 터져서 소멸한다. 그야말로 일격으로, 자신이 보유한 다양한 스킬을 끌어안은 채.

"공격 위력 감소 정도는 있을 것처럼 생겼었는데……."

"무효가 아닌 점에서 운이 없었어."

"거참, 두 사람 모두 메이플에게 뒤지지 않을 만큼 극단으로 치달았는걸."

"대단해! 일격! ……십육격?"

"해냈어요!"

"저기…… 지원하고 상태이상, 고맙습니다."

"이만큼 쉽게 해치우면 상쾌한걸. 보스는 조금 불쌍하지만……."

"그렇다고는 해도 명중하지 않으면 의미가 없으니까. 이속 감소가 걸린 보스가 허술했을까……."

"아마도 다른 사람들에게 힘을 발휘할 거야."

기뻐서 손을 마주치는 메이플과 마이와 유이를 보며, 카스미, 크롬, 이즈는 무참하게 폭사한 보스에게 연민을 느꼈다.

"아! 맞다! 8층! 다 같이 가자!"

""네!""

선두를 걷기 시작한 세 사람을 나머지 다섯 사람도 금방 쫓아가고, 모두가 나란히 8층에 돌입한다.

"와……!"

"어때, 카나데, 예상이 맞았어?"

"음, 이 정도일 줄은 몰랐는데?"

"응, 나도. 이것은 탐색하는 데 고생깨나 하겠는걸."

멤버들 앞에 펼쳐진 것은 시야를 가득 채우는 바다. 그리고 과거에 사람들이 살았을 건물 지붕에 다음 건물이 연이어 세워진 마을 풍경이다.

"오호, 여기도 참 엄청난 층인걸. 수영은 좀 힘든데."

"아니, 꽤 깊지 않을까……? 뭔가 보조 아이템이 있기를 기대하고 싶군."

"음, 제8회 이벤트에서 이벤트 한정 몬스터의 소재로 수중 탐색을 강화해 주는 것을 만들 수 있었는데, 이걸 위해서였을까?"

어느 정도 헤엄칠 수 있는, 혹은 수영 스킬을 취득해서 레벨을 올린 멤버들은 흥미롭게 받아들이지만, 경치를 얼추 보고 즐거워한 선두의 세 사람, 메이플, 마이, 유이는 어쩌면 좋을지 몰라서 허둥대기 시작한다.

그럴 수밖에. 세 사람의 스테이터스 사정상 아무리 발버둥 쳐도 【수영】이나 【잠수】 스킬을 취득할 수 없다.

"어, 어어어어어어쩌지?!"

"어쩌죠?!"

"응…… 이대로 가다간…… 수면에서 조금 튀어나온 건물에만 쭉…….."

정상적으로 탐색할 수 없지 않을까. 그렇게 우려하는 세 사람을 어깨를 토닥이고, 사리가 침착하게 말한다.

"괜찮아! 【수영】은 배우지 않은 사람도 많은 스킬이니까 여기서 갑자기 그게 없으면 안 되는 일은 없을 거야. 물론 있으면 유리하겠지만."

뭔가 구제 조치가 있을 것이라는 예상이다. 그 말을 들은 메이플과 마이, 유이도 침착함을 되찾고 일단 순순히 이 층을 즐기기로 마음먹었다. 뭐가 있는지 지금부터 탐색하러 갈 것이다. 8층은 이제 막 시작한 참이다. 아무것도 모르는 상태에서 판단할 수는 없다.

"좋아! 이번에도 많이 구경하고 다닐래!"

그렇게 말하고 메이플은 힘차게 주먹을 쳐들었다. 8층은 수몰도시. 해상에 드문드문 튀어나온 건물과 그보다 훨씬 아래의 심해에 잠든 과거의 도시를 탐색하게 되었다.

Welcome to
"NewWorld Online".

# 후기

문득 눈에 띄어서 11권을 집어 주신 여러분, 처음 뵙겠습니다. 이전 권부터 읽어 주시는 분은 응원해 주셔서 매우 감사합니다. 안녕하세요, 유우미칸입니다.

시작부터 바로 말씀드리자면, 이번 권에서는 또 새로운 일이 있었습니다. 말은 그래도 스토리 전개를 의미하는 건 아니지만요. 이 책을 사 주신 분들은 이미 아실지도 모릅니다만, 이번 11권에는 특장판에서 보이스 드라마 CD가 들어갔습니다. 메이플 일행이 말하는 귀중한 기회이므로, 괜찮으시면 특장판을 구해 주세요. 내용은 공지한 대로 샛길로 빠진【단풍나무】의 이야기입니다. 본편에서 조금 떨어져서, 서적에서는 묘사하지 못했던 메이플 일행의 일상 속 한 장면을 볼 수 있으므로, 그런 것을 좋아하시는 분은 꼭 챙겨주세요.

본편 내용은 10권 등장인물과 엮이면서 이벤트가 중심이 됩니다. 이런 스킬, 저런 스킬이 있다거나…… 사리는 언젠가 찾아올 대인전을 대비해 대처법을 생각하고 있죠. 뭐, 그런 흐름입니다. '언젠가'가 언제가 될지 기대하면서, 지금 알려진 스킬로부터 어떤 조합에 어떤 식으로 싸울지 예상해 보는 것도 즐거울지 모르겠군요. 물론 그 무렵에는 메이플이 또 변했을지도 모르지만요…….

그런 11권을 즐겁게 봐주셨다면 좋겠습니다.


11권이 나올 무렵에는 해가 바뀌고, 그렇게 되면 TV 애니메이션이 나오고 1년이 되니까, 시간의 흐름은 참 빠릅니다. 굳이 말하자면 목소리가 입혀진 것도 꽤 오랜만인 것처럼 느껴지네요. 애니메이션 속편에 관해서도 앞으로 정보가 공개되리라고 보므로, 공식 알림을 체크해 주세요.

TV 애니메이션이 되고 1년이 지났지만, 인터넷 연재 시작부터는 벌써 4년 넘게 지났습니다. 여러분께 응원받아 여기까지 계속한 것을 기쁘게 여기고, 그렇기에 이 이야기를 끝까지 전하고 싶습니다. 그러니 만약 괜찮으시면 그때까지 봐 주셨으면 합니다.

그런고로 이번에는 이쯤에서 줄이겠습니다.

여러분, 앞으로도 부디 잘 부탁드립니다!


여러분께 응원을 받으면서, 앞으로도 이야기를 풀어나가겠습니다.

한 권마다 여러분께 뭔가 즐거운 것을 조금이라도 전할 수 있기를 빕니다.

그리고 언젠가 12권에서 또 만날 날을 기대하겠습니다.

유우미칸

# 아픈 건 싫으니까 방어력에 올인하려고 합니다. 11

2023년 05월 15일 제1판 인쇄
2023년 05월 25일 제1판 발행

**지음** 유우미칸 | **일러스트** 코인

**옮김** JYH

**발행** 영상출판미디어(주)
**등록번호** 제 2002-000003호
**주소** 07551 서울특별시 강서구 양천로 570 NH서울타워 19층
**대표전화** 032-505-2973

**ISBN** 979-11-380-2789-2
**ISBN** 979-11-319-9451-1 (세트)

ITAINO WA IYA NANODE BOGYORYOKU NI KYOKUFURI SHITAITO OMOIMASU. Vol.11
ⓒYuumikan, Koin 2021
First published in Japan in 2021 by KADOKAWA CORPORATION, Tokyo.
Korean translation rights arranged with KADOKAWA CORPORATION, Tokyo.

애니메이션 시즌 2 2023년 4월 스타트!
인기 이세계 판타지, 제26탄!

# 이세계는 스마트폰과 함께.

## 26

아이들도 여덟 명이 합류해 더욱 소란스러워진 토야와 그 주변.
익숙해지면 질수록 교류도 늘어,
토야는 아이들의 여러 취미와 요구에 시달리게 되는데?!
그 규모는 작은 것에서부터 전 세계를 내달리는 것까지 다양하고……

아이들을 위해서라면 어디든지 가겠어!
즐겁고 느긋한 이세계 판타지, 드라마 CD 특별한정판과 함께 등장!

후유하라 파토라 지음 / 우사츠카 에이지 일러스트

영상출판
미디어㈜

'신의 눈'을 손에 넣은 소년은,
전설의 용사의 능력을 '훔쳐' 최강으로 뛰어오른다!

# 내 '감정' 스킬이 너무 사기다

## 1~2

천애고아 소년 멜 라이루트가 열다섯 살이 되어 받은 고유 스킬은 사람이나
물건의 정보를 읽어내는「감정」스킬.
게다가 환상의 랭크 'S'를 초월한, 존재하지 않을 터인 규격을 벗어난—— 랭크 'EX'였다!
하지만「감정」은 사람의 감정마저도 읽어낼 수 있기 때문에
신분을 감추고 싶은 범죄자가 노릴 위험이 있다.
곧바로 목숨이 위태로워진 멜은, 엘프 소녀와 함께 어쩔 수 없이 도피 생활을 하면서,
치트 능력을 구사해 어려움을 손쉽게 헤쳐 나가는데——.

스미모리 사이 지음 / 토마 키사 일러스트

영상출판
미디어㈜